笑顔のママと僕と息子の973日間

シングルファーザーは今日も奮闘中

清水 健
Ken Shimizu

小学館

笑顔のママと僕と息子の973日間

シングルファーザーは今日も奮闘中

Contents

きっと不機嫌な顔だっただろう。
スタッフもそんな僕にどうしたら
いいのだろうかと悩んでいただろう。
見えないはずの壁が、僕にははっきりと見えていた。

第2章

パパは替えがきかない

57

シングルファーザーになって
発熱
番組の空気づくり
崩れるバランス
上っ面の言葉
こぼせない愚痴
見えない壁

ところがある時から、
息子は泣かなくなった。
「バイバイ!」と明るく手を振って
すぐに僕の母のところに行ってしまう。

第3章

失敗連続の子育て

電車のほうに引っ張っていったら
ホームに寝っ転がって乗るのを拒否する。
「違う、違う。パパ違う」って叫んでる息子と起こそうと四苦八苦してる僕。
ホームにいる人たちはみんな見てる……

第4章

講演のあとで…

言葉がない場合もある。
手を握った瞬間、涙を流し、立ち去る女性もいる。
でも僕は、たしかにその人と、
〝想い〟を分かち合えたと感じる。

初めての講演
「シミケン、がんばれ！」
支援をする理由
〝想い〟を共有したい
息子への答え
奈緒のいる場所
奈緒が頼んでいた育児誌
月命日に

はじめに

今でも奈緒は〝ここ〟にいます。

2015年2月11日午前3時54分。

奈緒は乳がんで僕たちの傍らからいなくなる。この時から、僕は世間でいうところの「シングルファーザー」になった。

今でも、奈緒と息子と僕は、3人で生きている。奈緒の妊娠がわかったその日から、僕たちは3人で生きていこうと決めた。

「生きていた」という過去形じゃない。「生きている」。現在進行形だ。

奈緒は〝ここ〟にいる。僕の中にも、息子の中にも、奈緒はいる。

でも触れられない。

抱きしめられない。

奈緒の声を聴くことができない。

なあ奈緒、どうしたらエエかな？

いくら問いかけても、答えは返ってこない。

3人だけど、悩む時はひとり。

僕は日々、そのことを痛感する。

「ちょうちょ、どこ?」

今年の10月で、当時3カ月だった息子は3歳になり、今、週数回、保育園に通っている。家を出なければいけないのは朝の8時。

暑い日が続くなか、息子にとって水筒は必需品。大好きなアンパンマンの水筒だ。息子は言いだしたら聞かない。水筒ひとつでご機嫌になるなら、お安いご用。僕は眠い目をこすりながら、水筒を用意した。

まだ家を出るまでには時間がある。だが、息子は、準備が終わった水筒をひっつかむように首にかけた。

「パパ、お外いこ!」

まだ7時、家を出るのは8時で十分だ。だというのに、パタパタと玄関に走っていくと、靴を履き出した。

「靴下は?」

まだ早いのにな、と思いながら声をかけると、成長したな……、ひとりで時間をかけてやっと履いた靴を脱ぎ捨て、自分で靴下を履き始めた。

もしかしたら昨晩、僕の帰りが遅くて、一緒に寝てあげられなかったからかもしれない。息子に寂しい思いをさせてしまった。

息子が悪戦苦闘しながら靴下を履く。そのがんばりを見ていると、もうダメだ。仕方ない。わかりました。付き合います。


僕は息子と手を繋ぎ、すでに日差しの強くなっている外に飛び出した。目的地は近所の公園だ。

8時になったら保育園に向けて出発。遊ばせすぎて、疲れてしまっても困る。8時まで1時間はある。結構な長さだ。僕はなるべく日陰を選んで、ベンチに腰を下ろした。息子は僕の周りをちょこまかと走り回っている。

「ちょうちょ、ちょうちょ!」

息子が蝶を見つけて、声を張り上げた。

蝶が花に止まる。息子はそれをじいっと見ている。

蝶がずっと止まってくれていたら楽なのに……と思うが、そんなわけにはいかない。

蝶は花の蜜を吸い終わると、パッと飛び去る。

「パパ、ちょうちょ、どこ行ったの？」

「うーん、どこに行ったのかな？　お散歩かな」

「どこ行ったの？」

息子の質問攻撃にはいつもたじたじになる。

「パパ、どこ行ったの？」

「お家に帰ったのかな」

「なんで」

「うーん」

答えられない。


息子は、公園中の花壇を駆け回っては、蝶を探す。見つけると、座り込んでじいっと見る。蝶が飛び去る。「パパ、ちょうちょ、どこ？」「そのうち帰ってくるよ」。その繰り返し。

息子と蝶。それを見ている僕。束の間の幸せだ。

でも保育園の時間はやってくる。腕時計で時間を確認すると、息子に声をかける。

「保育園、行こか」

息子が、きっ、とこっちを見た。イヤな予感。

「ヤダ」

「ほら、保育園の時間だから」

「ヤダ、行かない」

「保育園に行くぞ！」

「ヤダ、ヤダ……お家帰る……」

息子の言葉は、最後は泣き声でかき消えた。どこにそんな量の涙を隠していたのかと驚くほど、大量の涙が目から溢れてくる。

「お家帰る、お家帰る……」

息子の涙には弱い。あんなにご機嫌よかったのに。おいおいこの1時間は、との思いもあるが、パパはこれから仕事なんだ。ごめん、一緒にいてやれないんだよ。

2歳半の息子に、そんな事情はわからない。

こういう時、パパがダメでもママがいれば。ママがダメでもパパがいれば。どちらかがフォローし、抱きしめてあげられるのかな。

僕しかいない。

どうすることもできない。

僕は泣きじゃくる息子を強引に抱え上げる。

出会いと別れと

僕が奈緒と出会ったのは、関西の夕方帯、いわば各局がしのぎを削る報道番組でのことだ。僕は、２００９年３月30日の番組スタート時に、情報キャスターを担当し、２０１１年９月19日からは、メインキャスターを任されていた。

メインキャスターになった当時、僕は35歳。正直、毎日が不安でしかたなかった。そんな時に、いつの間にか僕の心の支えになっていたのが、僕担当のスタイリスト、奈緒だった。スーツに着替える衣装室。短い時間だったけど、二人だけの空間。その間に自然とこぼせた一言二言の愚痴。僕は自分でも気づかないうちに恋に落ちていた。

付き合い始めて２年。２０１３年の３月10日、奈緒の28回目の誕生日に僕はプロポーズする。

「本当に私でいいのかな」

とにかく控えめだったけれど、それが奈緒だった。僕らは５月19日に住吉大社で式を挙げ、新しい人生をスタートさせた。

奈緒と僕は、幸せそのものだった。

日々の不安や重圧は拭《ぬぐ》えなかったけれど、支えてくれている人がいる、愛する人がいる、という事実が、僕に新たな力を与えてくれていた。今思っても、ほんまに、奈緒のお陰である。


結婚して1年。僕ら二人のもとに、大きなプレゼントがやってきた。

赤ちゃんだ。

奈緒のお腹に、新しい命が宿ったのだ。

仕事も順調。プライベートも順調。絵に描いたような幸せだ。

ところが、それが一転する。


妊娠がわかったあと、奈緒は胸のしこりに気づく。念のため検査したところ、乳がんだった。それを告知されたのが、２０１４年4月30日のこと。

乳がんは今や様々な治療方法も確立されており、治癒する病だ。ところが、奈緒の乳がんはトリプルネガティブという悪性のもので、進行の早いタイプだった。現在、医療は確実に進歩している。だが、人によって違うのは確かで、いまだ、決定的な治療薬は開発されていないとも聞く。

しかもすでにⅡ期にまで進んでいた。お腹に赤ちゃん。時間は残されていない。医師からは、すぐに治療に専念するよう助言された。それは、出産を諦めるということだった。


奈緒は、人を支えることに喜びを見出す女性だった。スタイリストという職業を選んだのも、そういう理由だ。自分の意志を声高に主張したり、一歩前に出たりすることとは全くといっていいほどしない。いつもはにかんでいる。夫婦生活でも、いつも僕のことを第一に考えてくれていた。僕はそんな奈緒に甘えていた。

でもこの時初めて、奈緒は自分の意志をはっきりと表した。


「産みたい」


でもそれも「言葉」には出さない。

僕は走り回った。いろんな可能性を探った。

何人の先生に相談しただろう。でも誰も決断をしてくれるわけではない。決断するのは僕ら——まだ見ぬ子の親である奈緒と僕だけだった。

奈緒の気持ちは決まっていた。一貫して揺るぎがなかった。

僕らは、「3人で生きる」道を選ぶ。まずは、手術に踏み切った。皮下乳腺全摘手術は成功。リンパへの転移も見られない。一筋の光だ。

お腹の赤ちゃんに影響が出ない程度の抗がん剤治療を並行して行いながら、僕らは子どもの誕生を待った。

そして2014年10月、元気な男の子が生まれる。何があっても3人で生きる、と決めた時から、待ち望んでいた瞬間だ。


ところが、出産からしばらく経っても、奈緒の体調は回復しなかった。帝王切開での出産ではあったが、腰の痛みがひどく、ベッドから起き上がれないのだ。

MRIやCT、精密検査を行う。肝臓、骨髄、骨……3カ所への転移が見つかった。

「オレが奈緒を守る」

今まで思っていたことを改めて心に誓った。僕は自分に言い聞かせた。奈緒はオレが守るしかない。生まれたばかりの息子、奈緒、そしてキャスターの仕事。正直、不安だった。しんどかった。でもいちばん不安なのは奈緒だ。しんどいのは奈緒だ。

……今でもこの時のことを思い出すのは辛い。もっとできることがあったんじゃないか。もっと寄り添えたんじゃないか。後悔してもどうしようもないことがわかっていても、気づくと悔いている自分がいる。「守ってあげられなくてゴメンな」と伝えたい自分がいる。

引きずっているのかもしれない。でも、なんだろ、その自分の気持ちを直接、表現できない。伝えられないから、〝想い〟が、澱《おり》のように溜まっていく。

奈緒は、息子の誕生から112日後、2015年2月11日に29年の生涯を閉じた。

「ママ、どこ?」

僕は、2015年2月に入って、奈緒の看病のために番組を休む決断をした。正確には、2015年2月2日から、番組出演を見合わせた。それが1カ月になるのか、半年になるのか、1年になるのか、誰にもわからなかった。

キャスターがそんな長期間休むなんて、職場放棄と受け取られたかもしれない。でもあの時の僕は、何度も何度も自問自答し、奈緒のそばにいることを決めた。会社とも何度も交渉を重ねた。番組を休んだからといって奈緒を守れるわけではないが、そばにいたかった。今まで助けられてばかりいた僕は奈緒を守りたかった。

ところが奈緒は、そんな僕の状況を知ってか知らずか、休みを取ってからわずか10日で僕たちの傍らからいなくなってしまう。結局僕は、2月19日にキャスターに復帰した。僕はまたしても、奈緒に守られていたのだ。

「迷惑をかけたくない」「私より周りが辛い」「こんな私でごめんね」、そう口にしていた奈緒が「早く復帰して」と背中を押してくれたのだと、僕は今でも思っている。

関西にお住まいの方なら、ご存じかもしれないが、僕は2017年1月31日をもって、15年間お世話になった読売テレビを退社した。もちろん、キャスターも降板した。このことを奈緒はどう思うだろうか、と今でも思うことがある。なぜなら、奈緒は僕のキャスター姿を見るのが好きだったから。二人が出会った番組でもあった。僕らの出会いのきっかけをくれた番組だ。思い出を一つ自ら消し去ることになる。

でも限界だった。

母や姉、多くの人の手を借りながら息子を育ててきたが、シングルファーザーという事実は変わらない。62キロあった体重はいつしか44キロにまで落ち込み、視聴者の方からも「シミケン、体調大丈夫？」と心配される有様だった。もはや、キャスターの仕事を全うしているとは言い難かった。

そして僕の体調は、僕だけの問題でないということも思い知った。

僕が倒れたら、誰が息子を守る？　困るのは息子だ。僕の体は僕のものであって、僕だけのものじゃない。僕は息子を守らなければならない。でもこのままでは無理だ。

退社を意識したのには、講演会で出会った人たちの存在も大きい。

２０１６年2月、同じような苦しみを体験した人たちの支えに少しでもなれるのであればと、僕は、奈緒との日々を綴った『１１２日間のママ』を上梓した。この本を読んでくれた読者の方から、「直接、話を聞きたい」というたくさんの声をいただいた。

講演会に行くようになって驚いた。

世の中には、なんて多くの人たちが、大切な人を亡くしているのだろう。僕が講演会で体験を話すことで、集まっていただいた方たちと〝想い〟が共有される。「我慢していたけど、やっと泣けました」「泣いてもいいんですね」というお手紙などをたくさんいただいた。

グッと我慢していらっしゃる方々が、想いを共有したい人たちが、こんなにも全国各地にいるのなら、直接会ってお話しできるなら。この僕でよければ、それが僕に与えられたひとつの役目なのではないかと思うようになった。

しかしキャスター、シングルファーザー、講演会……と一人三役に、体が悲鳴をあげていた。もしかしたら、妥協したり少しどこかで手抜きしたりすればいいのかもしれない。でもそれはできない。どれもが大事で、そうしてはいけないとわかっていた。だったら……、キャスターを辞めよう。

キャスターを務める、こんな光栄なことはない、それを辞めるなんてこんな勝手はない。でも、こう思った。息子の父親に代わりはいない。そして僕は今、父親をしながら、全国に講演に赴いている。

今日も息子と公園にいる。

ひとりで上れるようになった、高い滑り台の上に仁王立ちになって、息子は誇らしげだ。

「パパ！」

息子が手を振る。

「おお！　すごいな」

手を振りながら声をかけると、ニコッと嬉しそうだ。

周りを見回すと、平日のせいもあって、パパと来ている子どもはほかにひとりもいない。皆、ママと一緒。

今はいい。でもきっといつか、僕は息子に聞かれるだろう。

「ママ、どこ?」


僕らは、3人で生きている。

奈緒は、僕と息子の〝ここ〟にいる。

でも息子を抱きしめるママはいない。息子に語りかけるママはいない。

奈緒は、写真の中で、笑ってはいる。でもね、決して、反応することはない。


このあいだ、息子と一緒に、ぶどうを食べた。とてもおいしい。

「ぶどう、おいしいなぁ。ママも食べたいかもな」

僕がふと口にすると、息子は両手一杯にぶどうを摑んで、奈緒の写真の前に走っていった。

リビングの一角は、奈緒のコーナーになっていて、そこに奈緒の写真をたくさん飾っている。仏壇はないが、香炉とリンが置いてある。

息子は、いちばん大きな写真の前にぶどうを置くと、手を合わせた。

息子にとってのママは、写真の中のママだ。「ママは?」と聞くと、写真の前に行く。息子の中にはたしかに奈緒がいる。

息子も成長する。僕の背を越す日も来るだろう。

そうしたら一緒に、奈緒の話をしたい。「素敵なママだったね」と語り合いたい。でもそれはいつなのか。

僕は息子に奈緒のことをなんて話すんだろう。「ママは?」と聞かれたら、なんと答えよう。

僕の中にその答えは用意できていない。

今の僕にできることは、奈緒が目の前からいなくなってから僕が感じたこと、思ったこと、体験したこと、それを記すことなのかもしれない。

奈緒の姿はないけれども、奈緒と僕、息子の3人の記録である。

第1章

壁を作ってしまったキャスター

きっと不機嫌な顔だっただろう。
スタッフもそんな僕にどうしたら
いいのだろうかと悩んでいただろう。
見えないはずの壁が、僕にははっきりと見えていた。

シングルファーザーになって

キャスターの仕事は、僕にとっていわば戦いだった。

毎朝のルーティン、新聞全紙に目を通す。8時までには出社し、午後2時にヘアメイクを開始するまでの6時間、スタッフとの打ち合わせにコメントの確認と、いくら時間があっても足りるということがない。仕事は限りなくある。

そして緊張の中、午後4時47分から生放送の本番を迎える。カメラが回ると、僕は「キャスターの清水健」になる。

できうる限りの準備をして臨む。これがキャスターとして当然のことだと思っていた。

ところが、シングルファーザーになって生活が一変した。

それまでなら、自分のタイミングで起きて、自分のリズムで会社に行けばよかった。だが絶対的な息子の存在ができた。

朝は目覚まし時計でも、妻の優しい声でもなく、息子の泣き声で目が覚める。朝の6時前後だ。お腹が空いているのだ。僕の一日はこうして、息子によってスイッチを押されて始まる。

息子の朝食――哺乳瓶を用意する。

哺乳瓶の中に、粉ミルクを入れ、お湯で溶かすのだが、冷めるのに結構な時間がかかる。息子が泣いているから、早く飲ませたい。でも冷めない。氷水につけてはどのぐらい冷めたか確かめて、熱いなと思ったらまた氷水に浸す。

「待ってな、もうちょっと」

息子を抱きかかえ、哺乳瓶に手を添えて、口に含ませる。

ここでようやく泣き止んでくれる。その姿は愛おしくてたまらない。ただ、重くて腕は痛いし、早朝からのドタバタですでにくたくただ。

落ち着いたところで、オムツを替える。息子は3カ月、当然だ、今朝も大量のおしっこだ。着替えさせると、すでに7時を回っている。

本当なら、出社したいところだが、それはできない。

ありがたいことに、会社も僕の事情をわかってくれて、11時までに出社すればいいことになっていた。キャスターとして準備すべき時間を、僕は育児にあてることができた。「イクメン」といえば聞こえはいいが、僕にしたら、仕事をないがしろにしているように思えてならなかった。

息子の着替えも終わって落ち着くと、僕は決まってテレビのスイッチを入れる。ニュース番組でもワイドショーでもない。つけるのはEテレ――NHKの教育番組だ。

平日の朝6時35分から9時までは、親子にとってのゴールデンタイムだ。Eテレで子ども番組をいくつも放送しているのである。『いないいないばあっ！』と『おかあさんといっしょ』にどれだけ救われたことか。ちなみに今、わが家のブルーレイディスクのハードディスクの中は、こうした子ども番組でいっぱいである。

息子がおとなしくテレビを見ている間、僕は大急ぎで出社の準備をする。家の片付けもある。洗濯、洗い物……自分の朝食を取ることも忘れ、息子に語りかける。本当は朝の時間に、キャスターとしては新聞を読んだり、ニュース番組を見たりしなければいけないのだけれど、それができない。

夜は夜で、夜泣きで目が覚めるので、朝の眠たさは尋常じゃない。

家事を片づけ、息子を膝に抱きかかえて一緒に『おかあさんといっしょ』を見ていると、僕がウトウトしてしまう。

家族の協力は大きくて、だが、母親もすでに65歳を過ぎている。

「この年で子育てをまたできるなんて思ってなかったわ」

と言ってくれるが、それでもすべてを頼むわけにはいかない。どこまで甘えていいのか、奈緒と僕と息子の3人で生きていくと決めた時点で、息子を育てるのは僕の責任だった。自分だけではできないからと、母親に頼り切ることは、僕の中で忸怩《じくじ》たる思いがある。

正直に言うと、実際、息子を親の家に預けて育ててもらうか、いっそのこと僕も一緒に親の家で暮らせばいいんじゃないか、という話も出た。

僕のワガママかもしれないけれど、それはしたくなかった。自分の構えた家で、奈緒のそばで、自分の責任で、息子と一緒に生きていきたかった。

母や姉はそれでも理解してくれ、時間の許す限り、協力を惜しまない。姉家族も、自分たちの生活があるにもかかわらず、泊まっていってくれることもある。でもそれに甘え続けられない。

僕は息子を、毎日ではないけれど、保育園に預けることにした。0歳児保育だ。母に負担をかけ過ぎちゃいけないという思いもあった。

発熱

ある朝、息子がいつもよりぐずった。

いや「いつもより」は後付けかもしれない。何しろ、僕は仕事もあり、その日も急いでいた。

その日は、保育園に預ける日だった。

預ける日は、出社するついでに保育園に立ち寄る。

ところが、いつにもまして、息子がぐずる。機嫌が悪い。着替えを嫌がるのだ。僕は正直イライラしながら、ようやく着替えさせると、息子を保育園に連れて行った。

きっと僕は、しかめっ面をしていたに違いない。

昼前に携帯が鳴った。

携帯電話の音は、僕にとって嬉しい音ではない。

奈緒の闘病中、僕は携帯が手放せなかった。いつ何時、どんな連絡が飛び込んで来るかわからないからだ。しかもいい報《しら》せで携帯は鳴らない。携帯が鳴るということは、良くないことが起こったサインだった。僕は本番中もスタッフのひとりに自分の携帯を預け、鳴ったら、サインを送ってもらうよう頼んでいた。何があってもすぐにかけつけることができるよう、僕はお酒も飲まなくなった。車を運転する必要があるかもしれないからだ。

シングルファーザーになってからも、やはり携帯は手放せなかった。そして携帯が鳴る時は、やはり悪い報せが多い。

携帯の向こうで、保育園の先生がすまなそうに喋っている。

「体調が悪そうだったので、お熱を測ってみたんですが、37度5分ありました」

これから本番だ。迎えに行くことはできない。

「もう少し様子を見ますが、熱がこのまま下がらないようですと……」

「わかりました。何とかします。少し時間はかかるかもしれませんが、迎えに行きますので、それまでどうか」

「わかりました。お待ちしています」

すぐに親に電話を入れる。だが動けない用事があった。今度は姉に電話する。

姉は専業主婦だが、小学生の娘がいる。しかも息子の保育園まで車で30分。決して近い距離じゃない。

「ゴメン、ほんまにゴメン……」

僕は携帯電話に向かって、何度も頭を下げた。ゴメン……、「自分で育てる」と言っときながら、本当にゴメン。

僕は帰宅すると、真っ先に息子に謝った。

ゴメン。朝ぐずってたのは、熱のせいやったんやな。気づいてやれなくてゴメン。ママならわかってあげられたんかな。ほんまにゴメンな。

その日の晩は、自己満足以外のなにものでもない、罪滅ぼしのように、1時間おきに息子の汗を拭いた。


たまたま自分には、同じ府内に住む姉がいる。親も健在だ。でも僕ひとりだったら？きっと、僕はまだ恵まれているシングルファーザーなのだろう。それでも、しんどい。

お金の問題もある。

シングルファーザーになっての大きな変化は、会社から出ていた扶養手当が削られたことだ。規則だから仕方がない。月に数万円が減ることになる。

家庭環境にもよると思うが、シングルだと、当然、保育園に預けたり、ベビーシッターを頼んだりする必要がある。

当然、よりお金がかかるのだ。

社内制度でベビーシッターを利用することができた。利用料から1000円割引になって1時間1000円。助かる制度である。もちろん、利用するベビーシッター会社にもよるが、たとえば朝9時から夜8時まで、11時間会社にいて、全時間利用するとなれば、1日1万1000円ほどかかることになる。

もし、平日月曜から金曜まで、毎日ベビーシッターを頼んだら、1万1000円×20日間＝22万円だ。共働きでもフルに利用するとなると、二の足を踏む金額だ。シングルではさらに世帯収入が減り、扶養手当も削られる。

これでは袋小路だ。どうなんだろ、子どものことを考えるなら、仕事を変えるか、それとももっと高給取りになって保育園の費用を捻出するか。ふたつにひとつしかない。実際、仕事で何人ものシングルファーザーを取材したが、多くの方が、それまでの仕事を辞め、花屋、ギター教室など、自営業に転じていた。ほとんどの場合、収入は減る。勇気のある決断だ。

そうせざるを得ないのも、今はわかる。近くに家族や協力者がいない場合、サラリーマンとシングルファーザーの両立は、現実的には難しいのではないだろうか。

まず支援体制が整っていると言い難い。もっと働きやすくしたり、フレックスタイムが導入されなくてはいけない。家でも職場でもできる仕事、働き方はあるはずだ。

わがままなのかもしれない。だが、「女性よりも男性のほうが稼げる」という固定観念もあるのだろう、シングルマザーへの支援もまだまだだが、シングルファーザーへの支援はそれ以上にこぼれ落ちてしまっている。

シングルになって初めて、この社会がひとり親に優しくないことを身をもって知った。

番組の空気づくり

キャスターの仕事は、僕にとっての誇りだった。

スタッフ100人を代表して、僕はあの席に座っている。その責任に応えるには、やるしかない。妥協という言葉は、僕の中になかった。

自分の体を使うことも、こだわっていたひとつだ。

たとえば、事件が起こる。僕は時間を見つけて、実際にその現場を見に行く。それが当たり前だ。

カメラを回して、ということじゃない。自分の目で確認しに行くのだ。「あの現場に行ってきました」、なんて言うのはかっこ悪くて嫌いだ。だけど、あ、ここは坂道が多いな。夜は暗くなるな。そういうことを、自分で感じる。

キャスターってこうあるべきなんだ、なんて凝り固まったものじゃないけれど、誰よりも体全体で感じないといけないと思う。その事件に関して一番詳しいのは記者だが、キャスターは感じないといけない。僕はそう思っていた。

そのためにどうするか。

やっぱり自分が動かないとダメだと思う。全部の現場に行けなくても、自分が行く姿勢を持っていないといけないと思うのだ。


番組が終わった後の飲み会や食事会も大事な時間だ。

番組が長く続くと、年下のスタッフも増えてくる。キャスター稼業も5年を超え、スタッフも僕に対して素直にモノが言いにくくなっているなと感じる。少なからず距離ができてしまう。その距離を埋めるために、飲んだり食べたりしながら、本音で語る時間を作るのは、よりよい番組にするために必要なことだ。

コメンテーターの方々と食事をしたり、語り合ったりすることも、同じ理由で大切だ。

僕は、テレビでは「スタジオの空気感」が何より大事だと思っている。僕自身、そこで勝負をしてきた。

それはバラエティでもニュース番組でも同じだ。そしてその空気感を作るのは、バラエティなら司会者だし、ニュースならばキャスターだ。

コメンテーターの方々と一緒に食事に行き、いろんなことを会話する。それが次にスタジオ番組で一緒になった時に、コメントを振る時の引き出しになる。

コメンテーターの方々からしてみても、「シミケンってこういう奴なんだ」とわかってもらっていたほうが、やりやすいに違いない。

これが正解かどうかはわからないけれど、僕は「いい空気感」を生み出すことが必要だと思ってやってきたし、それが僕のキャスターとしての武器だと考えていた。

ところが、今の僕だと、そういうわけにいかない。

番組が終わった後に食事会があっても、やはり参加できない。息子が待っているからだ。だって、僕にとっては息子が一番だから。当然、断ることが多くなる。

さらに、誘う側も、こちらの事情がわかっている。だから誘われることも極端に少なくなった。気を遣ってくれていたのだ。

中には、「息抜きも必要なんじゃないか」と言ってくれる人もいた。飲みに行く時は、親に面倒を見てもらえばいい。

たしかに、そうした「息抜き」は必要だと思う。同じシングルマザー、シングルファーザーがいたら、僕もそう言うかもしれない。

でも僕の中ではそれができなかった。

すでに、キャスターの仕事に全神経を注ぎ込めなくなっていたのかもしれない。失格だよね。それなのに、「父親」も手を抜いてしまったら、何もかもダメになってしまうんじゃないか。きっと僕は、そのことを恐れていたんだと思う。キャスターも中途半端、父親も中途半端だったら、奈緒に合わせる顔がなくなる。

その頃、飲み会に参加したのは、1年で2回ぐらいだったかもしれない。気を遣わせて申し訳ない気持ちでいっぱいだった。でも、それは誰の責任でもなく、勝手に、僕が決めていたことである。

2015年2月から2017年1月まで、結局、キャスターの座を降りるまでの約2年、僕が飲み会に出たのは、5回にもならない。

本当はそういう場は嫌いではない。お酒はそれほど飲まないのだけれど、何より、コミュニケーションが大事だと思ってきたから。
キャスターを始めたばかりの頃は、新年会や忘年会となると、とにかく顔を出した。月曜から金曜までの帯番組だが、今日は月曜のコメンテーターやスタッフと新年会、今日は火曜の、今日は水曜の……と、5日間ぶっ通しで新年会をやったこともある。

スタッフや出演者の方との間の「空気」を作ることで番組を作ってきた自分が、まったくそれができなくなった。

こうなると、もうダメだ。自分が許せなかった。番組関係者にも多くの迷惑をかけたと思う。

たとえば、生放送には「秒出し」というものがある。フロアディレクターが、CMに入る時間を10秒前からカウントして、出演者に伝えるのだ。この「秒出し」は番組を仕切る人間にとってはとても大事で、阿吽《あうん》の呼吸が必要になる。お互いがアイコンタクトをし、わかるように「秒出し」を行う。この呼吸がずれていると、番組全体のバランスが、たかが1秒や2秒だとしても崩れるのである。

ニュース番組という性格上、速報が飛び込んで来ることは多い。その時、どのニュースを先に出すのか、何の映像をまず流すのか、こうしたことを判断するのもキャスターとディレクターの役目だ。もちろん、キャスターの判断も大きいのだが、キャスターだけで決断はできない。ディレクターとキャスターの共同作業で、ニュースを入れ替えていく。

一回番組を終えると、数限りなく反省点が出てくる。それをスタッフとすり合わせて、明日はもっといい放送にしよう。そうやって前に進んで行く。

ところが、「秒出し」ひとつとっても、スタッフに言う機会が作れなくなってしまった。

「さっきはすぐにCMに行かずに、ひとことコメントをもらってから行ってもよかったんじゃないか」

「現場中継のあのタイミングでCM挟んじゃダメだろ」

こういう指摘は、食事をしながらとか、お互いに胸襟を開いた場じゃないとうまくいかない。本音で語り合う場を僕が作らなくてはいけない。

ところが、その時間がない。コミュニケーションが深まらないのだ。勢い、口頭で指摘するだけに終わる。スタッフは「清水さんに怒られた」と思うだけだったかもしれない。僕の家庭の事情で、本当に申し訳ないと思う。

本当だったら、たとえばゴルフの場で、あるいは食事会の場で、関係性を深めた上で、「ここはこうしたほうがもっとよくなるんじゃないか」とディスカッションしたいのだ。

若いスタッフなら、一緒に食事をし、そこで愚痴を聞いてあげる。彼氏彼女の悩みを聞いてあげる。そうしたところから、チームワークは深まっていく。

でもそれができないから、例えば、5千円札だけ渡して、「ごめん、俺、行けないけど」と済ませてしまう。こんなんじゃ、気を遣わせるだけで、関係性は深まることはない。

メインキャスターに就任したのは2011年の秋だが、5年も6年も続けていると、最初の頃を知るスタッフはめっきり減っていく。人事異動で、かつての戦友がひとりふたりと去っていく。

かつての仲間なら、これまで培った関係性があるから、僕の歩んできたキャスター姿勢を、言葉がなくても、多少なりとも理解してくれる。でも当然ながら、新しいスタッフとは一から関係を築かなければならない。でもそれが僕の事情でできない。

今までなら、

「シミケン、あそこんとこ、もっとこうしたほうがよかったんちゃうか?」

という会話が普通だった。「シミケンも大変だから……」という思いもあったんだと思う。アドバイスや指摘も減っていってしまったように思う。

多分僕が、しんどそうなオーラを出していたのだろう。誰も触れられないような。僕は心を閉ざしていたのだ。

相手だって、どう声をかけていいかわからない。

「奥さん亡くして大変だな」

「シングルファーザーで苦労してるんだって？」

こんな軽口を言えるはずもない。

だからますます僕のことを遠巻きにして、触らないようにする。気を遣わせてしまっていたのだと思う。

それが僕にはわかる。

家族でさえ、僕に気を遣っているのだ。職場の人間だったらなおさらだ。

でも気を遣われれば遣われるほど、肩身は狭くなる。誰のせいでもない。それはわかっている。周囲の人々のサポートや親切とは裏腹に、この頃の僕は、ひとりで孤立していた。というより、勝手に孤立感を深めていた。

崩れるバランス

視聴者の方に対して、これほど失礼なことはないが、多分、仕事に対して設定したハードルも低くなっていたように思う。

たとえば、タレントさんとの一緒のロケ。本番終了後なので、当然、遅い時間になる。すると、保育園や母親に預けている息子のことが気になる。早く帰ってあげたいな、と思っている自分がいる。取材が夜10時までの予定なら、何とか30分早められないかと思ってしまう。

そうするともうダメだ。

ロケ先でも、本当ならば粘って粘って、取材先相手からいいコメントを引き出したり、いい画を撮ったりしないといけないのだけど、どこかでそのジャッジが甘くなっている。

もしかしたらそのロケでは、3つのヤマがあったかもしれない。3回盛り上がったら、そのうちの1つを厳選できる。そりゃ、2つより3つ、それが面白い番組に繋がっていく。

でもその余裕が自分にない。だから1つ盛り上がると、「もういいかな」なんて思ってしまう。取材先にも、タレントさんにも、ディレクターにも、番組にも、視聴者の方にもそんな失礼なことはない。

そういう雰囲気は、共演者やスタッフに伝わる。

もっと行こう、と貪欲に思っていても、僕のテンションが落ちているのだ。「シミケンだからしょうがないか」と、踏んでいたアクセルを戻したケースが多くあったに違いない。絶対、誰もそんなことは口にしないけれど。申し訳ない。

東京などに出張があれば、前日の夜に前乗りすればそれだけ取材時間が増える。上司から「前乗りするか」と聞かれても、僕は「朝イチで行きます」と断っていた。夜、家を空けることがためらわれた。

2015年、2016年の僕はきっと、「日本一、コメンテーターから気を遣われていたキャスター」だったに違いない。

それまでは番組の中でも、僕が5喋れば、コメンテーターの方も5喋ってくれた。あるいは僕が6、コメンテーターが4という具合だ。ところが、シングルファーザーになってからは、その割合が変化した。

僕が3喋ると、コメンテーターが7喋ってくれる。僕をフォローしてくれているのだ。僕が1喋ると、9喋ってくれるようになった。

おそらく、「シミケンを助けてやろう」ってみんな思ってくれていたんだと思う。ものすごくありがたかった。でも何かのバランスが崩れていくのも感じていた。ほんまにこんなんでいいんだろうか、キャスターが。申し訳なかった。

番組には視聴率というものがあり、決して、その数字が落ちていたわけではない。だから、

「シミケン、がんばってるな」

と声をかけられる。でも実は僕はどこかで出し切っていなかった。常に10ぶつけていたはずが、自分の中で、意識せずとも3から5の力を残していたかもしれない。

僕がこういうことになってしまったせいで、スタッフの団結力はすごかった。実際、スタッフのがんばりにはどれだけ助けられたか。

でも、本来ならそのスタッフの一員であるはずの僕は、その中にいなかった。視聴率が上がっても、喜ぶスタッフを尻目に、その輪の中に入れない自分がいる。

スタッフと僕との間に、透明な薄い壁が張り巡らされているようだった。その壁を作っているのは紛れもなく僕自身で、どんどん、どんどん孤独になっていく。

すごい孤独だった。

裏も表もない。それが自分の取り柄だったはずだ。

ところが、テレビに映っている自分、スタッフの前の自分、息子を前にした自分……いろんな自分がバラバラになって、どれが自分だかわからない。

僕の中のバランスは、徐々におかしくなっていった。

上っ面の言葉

素直に、がむしゃらに。

不器用な生き方かもしれないけれど、僕はずっとそうやって生きてきた。

キャスターになっても、自分の長所はそこにしかないと思っていた。自分は自分だと胸張って生きてきたはずなのに、誰よりも努力することを自分に課してきたはずなのに、それができない。

がむしゃらになりきれない。

たしかに、テレビ画面の向こうには、変わらないキャスター・清水健がいた。他人から見たら、それほどおかしいところがあるとは思わないかもしれない。

でもダメだ。

僕はきっとこのままキャスターの席に座っていたら、上《うわ》っ面《つら》だけの人間になる。カッコをつけて、もっともらしいことを口にする、中身のないキャスター。僕のいちばん嫌いな人間だ。そういう人間に僕はなろうとしていた。


たとえばスポーツニュースでもそう。

高校時代は陸上部、大学時代は体育会アメリカンフットボール部に所属し、僕は、スポーツの素晴らしさを実感しているつもりだ。アナウンサーを目指したきっかけも、「スポーツの感動を伝えたい」「その瞬間を切り取りたい」という思いからだった。

キャスターになってからも、自分の目で「見て」「感じる」ことにこだわった。試合会場に行けなかったとしても、オリンピック、野球やサッカーのワールドカップ、高校野球甲子園大会などの国民的イベントは、可能な限り生放送でチェックして、そのシーンを自分の目に焼きつけた。

日本代表がゴールを決める。

僕はその瞬間、我を忘れて絶叫する。

そしてその興奮をそのまま、スタジオに持ち込んだ。

だが、この頃の僕は、講演会のこと、育児のことで頭がいっぱい……。深夜・早朝まで今までは絶対に起きて「生放送」を見ていたのに、それができなくなっていた。

結局、スポーツニュースなどで、編集した映像をつまんで見ることになる。もしかしたら、ダイジェスト版をチェックすることでも、「事実」を伝えることはできるかもしれないが、僕なりの「真実」を言葉にすることはできない。

「いやあ、昨日のシュート、すごかったですねぇ」

と、言葉にすることはできる。

でも上っ面だ。上っ滑りの心のない言葉だ。

もしかしてあの時、「シングルファーザーは大変ですよ」と、キャスターの席から呼びかけていたらどうだっただろう。

「今日は子どもが熱を出したので休みます」とキャスターを休んだらどうだっただろう。

今、そう思うことがある。もしかしたらそれが、僕の役目だったんじゃないか、と思う時もある。

実際、シングルファーザーは社会問題になっている。

シングルファーザーの家庭数は、１９８８年には約17万３０００世帯。最新の数字である２０１１年は、約22万３００世帯にまで増加している。つまり、少なくとも22万人以上、カタチは違えど、僕と同じような方がいるのだ。

でもダメだった。僕にはできなかった。僕は最後まで「１００％のキャスター」を目指していたかった。他人に弱みを見せたくなかった。「奥さんを亡くして落ち込んでるんだよ」と言われたくなかった。

たとえば番組で、シングルマザーの特集をする。その大変さは、僕も痛いほどわかる。でも本当なら僕は、

「シングルファーザーも同じように大変です。がんばってます」

と言わなければいけなかったのかもしれない。でも言えなかった。

こう考えることもある。

もしかしたら、スタッフやコメンテーターの皆さんに甘え続けたら、キャスターを、会社員を辞めなくてもよかったかもしれない。ちょっとのことでぐらつくような、そんな人間関係を作ってきたわけじゃない、という自負もあった。まだ続けることはで

きたかもしれない。

でもできない。

月曜日、息子を保育園に送っていきながら出社する。どうにかこうにか放送を終える。帰りがけに息子をピックアップし、お風呂に入れて寝かしつける。

火曜日、母に息子の面倒をみてもらう。どうにかこうにか放送を終える。帰宅して、夜8時に息子を風呂に入れる。一緒にアンパンマンの絵本を読んで寝る。

水曜日、息子を保育園に送っていきながら出社する。どうにかこうにか放送を終える。帰りがけに息子をピックアップし、お風呂に入れて寝かしつける。

一週間、この繰り返し。

これでいいのか。

奈緒に対しても申し訳ないと思う。

一緒にいてやれない息子に申し訳なく思う。

手を煩《わずら》わせる母や姉に申し訳なく思う。

負担をかけている番組のスタッフや関係者に申し訳ないと思う。

父としての責任、キャスターの責任だけが僕の上にのしかかってきて、僕は日に日にしぼんでいく。

僕は自分の力を乾いたタオルから絞り出すようにしながら、生活していた。

「しんどい」と口にしたい。

「もうアカン」と言いたい。

でも聞いてくれるはずの奈緒は傍らにいない。

他人の前で一度でもこうした言葉を吐いてしまうと、壊れてしまうんじゃないか。

僕にはその恐怖もあった。

息子が一番。仕事が二番。自分はいちばん最後。

ハッと思うと、食事をしていないことに気づくことが多かった。気づいたところで、食べる気力もない。

体重はみるみる減っていき、20キロ近く減った。文字通り、僕はしぼんでいた。

こぼせない愚痴

僕は、奈緒の乳がんがわかった時、

「オレが奈緒を守る」

と誓った。結果的に奈緒の命を救うことはできなかったけれど、今、奈緒と僕の宝物が、僕の目の前にいる。

こっちの顔を見てにっこり笑った表情なんて、まるで奈緒そのものだ。気がつくと、僕は息子の中に奈緒の面影を追っていた。

アカンな、何してるんやろ、オレ。

息子を守らなくちゃいけないはずなのに、自分の弱さにばかり気づく。


息子と二人で公園に行くようになって、何人か会話をする「ママ友」もできた。もしかしたら、

「いやあ、最近、〇〇が大変なんですよ」

「ここんとこ、仕事がしんどくて」

そんなふうに口にできていたら、よかったのかもしれない。でも、他人に弱みを見せずにカッコつける。これがシミケンだ。そうやって40年以上、生きてきた。今さら変えることもままならない。

自分が弱いと認めればいい。

自分が辛いと愚痴ればいい。

わかっているけど、できない。カッコ悪いとわかっているのに、カッコつけてしまう自分がいる。

朝がくると、慌ただしい一日が始まる。そこにいるのは、何事にも中途半端なシミケンだ。

「こんなんじゃダメだ」

奈緒の闘病の時は、自分が涙を見せちゃダメだと、必死に堪えた。でもダメだ。今の自分が悔しくて、悔しくて、ひとりになると涙がこぼれた。

会社から家まで、電車ならドアtoドアで30分もかからない。家には、「パパとお風呂に入る！」と待っている息子がいる。わかっているのに、キャスターから父親に戻れない自分がいた。仕事に全力で挑むことができないでいる自分が悔しくて、それが頭から離れないのだ。

僕は頭を冷やそうと、たびたび会社から家まで、歩いて帰った。もちろん、倍以上の時間がかかる。母親に迷惑もかけている。息子も待たせている。

でもここで涙を流しきらないと、息子の前で笑顔でいられるか自信がなかった。

泣きながら歩いた。

くそ、くそ、くそ。

泣いても、泣いても、悔しさは拭えなかった。

見えない壁

ニュース番組は、日にもよるが、大きなテーマが5つぐらいある。そして天気などの日々のコーナー。許せないニュースのあとに、おめでたいニュースが続くことはザラだ。だから、テーマやニュースが変わった瞬間に、キャスターはパッと切り替える。

僕は比較的、この「切り替え」が得意だった。自分でも器用だったと思う。ところが、それがうまくいかなくなった。キャスターを「演じる」ことが難しくなっていた。

エンディングに、今日生まれた赤ちゃんを紹介するコーナーがある。

放送当日に生まれた赤ちゃんを視聴者から募集し、その映像を流す1分半程度のコーナーで、これが非常に人気だ。

熊木杏里さんの「誕生日」の歌が流れる。この曲をバックに、幸せそうな父親、母親、そして赤ちゃんの顔が映る。

その映像を見ていると、幸せな気分になる。その喜びを一緒に味わっていた。それは間違いない。でも、どこかで、奈緒と息子を思い出してしまう自分がいたのも事実。そんな自分が小っちゃく思えて、また嫌になる。僕はエンディングコーナーの1分半、顔をゆがませないようにするのが精一杯のこともあった。

プライドなんかな。

家族を亡くされた人たちのニュースも多い。同じく妻を亡くした身として、寄り添った言葉も言えたはずだ。でも言えんかった。

心のどこかで、シングルファーザーだからできない、と思われたくないと思っていたのだと思う。シングルファーザーを理由に、仕事の融通をつけてもらっていることを恥じていたのかもしれない。

だからそれを、キャスターとしても隠そうとする。

子どもが小さい頃は、夜泣きももちろんだけど、隣で寝ていると気になって仕方がない。数時間おきに様子を確認する。

僕は目覚まし時計が2時間後に鳴るようにセットして、眠りにつく。泥のように眠っていても、目覚ましの音で息子の様子を確認する。首筋に手を当てる。大丈夫、熱もない。タオルで汗を拭う。大丈夫、笑ってる。

苦痛なんかではない。そりゃ大変だけど、それが当たり前。起こさないように、また2時間後に目覚ましをセットする。

今度は泣き声で目が覚める。夜泣きだ。お腹が空いたのだろうか。時計を見る。まだ1時間しか経っていない。

すぐに息子を抱きかかえる。背中を軽く叩きながら、

「大丈夫だよ、パパはいるよ」

と呼びかける。気づくと、抱きながら自分がウトウトしていたこともあった。

もちろんこれは、僕だけのことじゃない。親が必ず通る道だ。

僕の場合、母が泊まり込みで手伝ってくれていた。夜泣きの声に僕より先に起きて、あやしてくれることもあった。

でも「オカン、頼むわ」と言って、寝ることはできない。息子が寝入るまで、やっぱり起きていることになる。

もし奈緒がいたら、「ゴメンな、奈緒」と言って、僕は寝たかもしれない。もしかしたら奈緒に任せっきりで、起きなかったかもしれない。

でも僕はたったひとりのパパだ。奈緒の代わりはできないけれど、奈緒の〝想い〟がある。

睡眠不足だとか、疲れているとか、そんなことは関係ない。息子のためにできることをする。

キャスターの席について、視聴者に向かって、

「いやあ、昨日は息子の夜泣きがひどくて寝られなかったんですよ」

そう言えたらどんなに楽だっただろう。

僕は疲労から回復すべく、本番前にじっとしている。きっと不機嫌な顔だっただろう。スタッフもそんな僕にどうしたらいいのだろうかと悩んでいただろう。

見えないはずの壁が、僕にははっきりと見えていた。

第2章

パパは替えがきかない

ところがある時から、
息子は泣かなくなった。
「バイバイ!」と明るく手を振って
すぐに僕の母のところに行ってしまう。

大阪マラソン

僕の初マラソンは、２０１３年10月27日のことだ。

この年は、僕にとっては記念すべき年――奈緒と結婚した年だ。読売テレビの代表として、キャスターとして、42・１９５キロを走った。初マラソンだったが無事完走、タイムは5時間46分8秒だった。

余談だが、この時、あの『夢想花』などのヒット曲を世に送り出し、今やタレントとしても関西ではテレビで見ない日がないほどのいわば「大御所」である円広志さんが、「シミケンのためやったら」と、応援ソングとして『走れシミケン』を作詞・作曲してくれた。この歌は、僕が番組を降板するまでエンディングテーマとしても使われていたので、関西圏にはご存じの方もいらっしゃると思う。

僕がマラソンを走ったのは、キャスターとして、大阪の一大イベントを肌で感じ伝えたい、そして、番組と連動することで、番組も、「大阪マラソン」も盛り上がればいいな、との思いもあった。

その翌年、２０１４年10月26日にも、僕は大阪マラソンに出場した。

この時は、ちょうど息子の出産予定日だった。実際は、その数日前に息子は生まれた。妊娠中に乳がんが判明、「3人で生きる選択」をし、手術、抗がん剤治療など、闘病を押しての出産だった。

僕は奈緒への感謝と、生まれてきてくれた息子のために走った。感謝の伝え方は他にもあったと思う。でも、不器用な僕は走った。走る意味、そんなことはどうでもよかった。2回目のフルマラソン。

気づくと、僕は人生の節目に42・195キロを走っていた。

2015年10月25日の「第5回大阪マラソン」。

このマラソンに関しては、周囲からも「なぜ走るのか」という声が多かった。

その年の2月11日に、妻の奈緒は僕たちの横からいなくなってしまった。そのことを受け入れられていたか。答えは、全く「ノー」だ。

シングルファーザーとなって、生活が一変、フルマラソンを走りきれるのかといえば、そんな余裕も、練習時間もなかった。不安しかない。

じゃ、なぜ走るのか、なぜフルマラソンだったのか、いまだにわからなかったりするけど、

「シミケン、がんばれ！」

という声は、番組を通じて、あるいはツイッターやフェイスブックなどのＳＮＳを通じて、たくさんもらっていて、その声に僕はまだ応えていなかった。

どうしたらいい？　そう考えた時に、なぜか自然と、「走る」、という気持ちが生まれた。

僕の走る姿を見ていただくことで、皆さんに、「清水健は大丈夫だ」と伝えられるんじゃないか。そう思ったのだ。ほんまに不器用だから、その姿でと。

自分をとことん追い詰め、走ることで、心の整理をしたかった。

僕が僕自身に、「シミケン、大丈夫やないか」と言いたかったのかもしれない。とてつもなくしんどかったが、ほら、できるやないか、前向いてるぞ大丈夫やぞ、って。

僕は走る直前、フェイスブックにこう書き記している。


２０１５大阪マラソン。

走らせていただきます。

なぜ走る？　走って何の意味がある？

そのような事を言われるかもしれません。

でも、走り続けたい……。

情けないですが、一度止まったら止まり続けてしまいそうな、そんな自分がいるんです。

本当に多くの方に励ましのお言葉、温かいお言葉をいただきました。

僕に出来る事、微々たる事です。

でも、「大丈夫です（大丈夫じゃないけど……）」という姿をお見せ出来ればと……。

皆様への感謝の〝想い〟を込めて……、
42・195キロを、これからの人生を走ります。

息子との生活もあり、時間は限られます。でも、去年より〝一歩〟でも前に……。

決して甘えているわけではなく、妻が、息子が、仲間が、ソッと背中を押してくれると信じています。

フルマラソンは恐らく最後に？なると思います。

でも人生はまだまだ……。

いろんな景色を見ながら走り続けます。

また皆様にはご心配をおかけするかもしれません。

でも、清水健、大丈夫です。

皆様がいてくれるから……。

心からありがとうございます。


僕は止まりたくなかった。

カッコつけたかった。負けたくなかった。

「走りたい」んじゃない。「走らなくちゃいけない」と思った。

僕は人生の岐路に立つと、しんどい道を選んでいる自分がいるように思う。

マラソンだって、走らなければいい。無理に走る必要なんてない。練習時間がとれないこともわかっていたし、肉体的、精神的に疲労していることも知っている。でも走りたい。

僕は息子が寝静まるのを待って、夜の町を走った。深夜11時から2時間。

夜走れない時は、息子が起きる前、早朝5時に家の近くを走った。体をいじめ、自分をいじめた。その時間にもかかわらず、練習に付き合ってくれた番組スタッフには感謝である。

やっぱやめときゃよかったって何度も思った。練習は思ったより辛い。日常の育児、夜泣きもあれば、キャスターとしての仕事、睡眠不足、日々がいっぱいいっぱいだった。それでもなぜやめなかったのか。しんどいことをすることで、その時だけでも、しんどい記憶を心のどこかで埋めたかったのかもしれない。

そして、奈緒へのメッセージ。

俺、なんとかやってるよって。みんなが背中、押してくれてるよって。

息子との時間を削ってまで、マラソンの練習をするのは本末転倒かもしれないけれど、当時の僕は、「走らなきゃいけない」と思い込んでいた。ほんまに不器用だから、純粋にそう思っていたのだ。

この時、番組で新企画「～つなぐ～」も放送していた。スタッフの力を借りながら、僕自身、率先して、取り組んでいた。

自分が「やりたい」と始めたこのコーナーには、思い入れも強く、〝人〟と〝人〟、〝想い〟と〝想い〟、さまざまな〝つなぐ〟を通し、人の温かさや弱さ、そして強さや優しさを伝えたいと思った。僕自身が、いろんな〝人〟や〝想い〟に支えられていた。

だから、そういう人たちにスポットを当てたかった。

ご主人を亡くされ、自分も「病」に向き合いながらも、娘を思う母。

生まれた時から、難病と向き合う女の子とその家族。

里親のもとで育った青年。

皆、精一杯生きている。その〝精一杯〟に少しでも寄り添いたかった。一緒に笑い、一緒に泣きたかった。

僕は取材先で「大阪マラソン、見ますね」と声をかけられる。

「はい！　見てください。4時間30分以内で完走します」

言っちゃった。

みんなが「今」と闘っていて、必死に毎日を生きている。でも、それをカタチに表すのって難しい。「頑張ってます」そんな言葉を言えばいいわけではなくて、そんなこと当たり前。カタチになんてしなくてもいいのかもしれないけど、でも、なんとなく、カタチにしたい。自分と重ねて、少しでも一緒に希望が見たい。だから、「見ますね」「見てください」ってなるのかな。


会社から走れと言われたわけじゃない。僕の中のけじめとして、どうしても走りたかった。

皆に宣言することで、僕は自分の逃げ道を塞いだ。


当日は快晴。マラソン日和だ。

号砲が鳴る。僕は一歩一歩大事に足を前に出した。

走っている最中、いろんな思いが交錯した。息子の顔、親の顔、奈緒の顔……いろんな顔が浮かんだ。仕事のこと、これからのこと、息子とのこと……いろんなものがぶわーっと押し寄せて来た。何度も負けそうになった、でも、沿道からの声援が背中を押してくれた。

がむしゃらに、正直、どう走ったかも覚えていない。


ゴールする。

4時間25分14秒。

宣言通りの4時間30分切りだ。

無理だと思っていた。その無理を自分に課していた。

ゴールの向こうに、いるはずのない奈緒を探した。すると、そこには母に抱かれた息子がいた。1歳になったばかりの息子だ。僕の宝物が、僕を待っていてくれた。

抱き上げる。

アカン。

泣くもんかと思っていたのに、涙が止まらない。息子の前なのに……。

3回目のフルマラソン。今までいちばん心配してくれ、サポートしてくれていた奈緒の姿が、今年はゴールにないってわかっていた。

僕はゴール後、報道関係者に、こう答えていた。

「今年は、誰にも（走れと）言われてないんで。自分で走るって決めたんで、（完走を）やらなきゃ父として、キャスターとして、ダメでしょう。みんなの（沿道の）声に押されました。奈緒も褒めてくれてるかな」

ほんまに不器用やなって思うけど、オレは大丈夫だ。やれる。

でもこの時がピークだった。

この時の体重は、ベストの62キロ。しかしこの日を境に、僕の体重はみるみる減っていった。

泣き止むCD

この頃の子育ての悩みは、何と言っても「夜」だった。

生放送を夜7時に終えて、8時には自宅に戻り、息子をお風呂に入れて、それから一緒に寝る。本当は、息子を寝かしつけた後に、溜まっている仕事を片付けたり、その日の放送をチェックしたいのだけれど、そんなにうまくはいかないのが育児。

僕が外から帰ってくることで、興奮させてしまうのかもしれない。僕の顔を見ると、息子は「寝るモード」というより、「遊びモード」になっていくのだ。

1歳前後は、まだ言葉もままならないので、息子が何を望んでいるのかよくわからない。泣き声や表情で判断するしかないんだけど、これが僕にはよくわからない。世のお母さんたちの大変さが身に染みる。

今、家のCDの棚を見ると、同じ目的のCDが10枚ほどズラリと並んでいる。

『ほーら、泣きやんだ！』

『よいこのおやすみCD』

『スリーピング・ベイビー』

サイトで、「赤ちゃん　寝かしつけ　睡眠」と検索して、評判がいいものは片っ端から購入した。今でも携帯の中に、何曲もダウンロードしたものが入っている。

今になって冷静に考えると、「泣き止んでほしい」「早く寝てほしい」というのは、親の都合だ。

もちろんたっぷりと寝ることは大事。でも、言葉の話せない赤ちゃんには、すべての行動に理由がある。大泣きしているなら、大泣きしている理由があるのだ。

それをわかってやりたい。でも、これが難しい。

それどころか、「明日は早く出社しなくちゃいけない」と、慌てて寝かそうとする。「今日は早く寝てくれないかな。頼む、泣かないで」と、息子に向かってぼやいたこともある。全部、親の勝手だ。

そのくせ、自分が遅く帰ってきた日に、寝ていたはずの息子が起きてくると、たまらなく嬉しい。

仕事が遅くなる日は、僕の母親が息子と一緒に寝てくれる。その日の帰宅は夜10時過ぎ。息子を起こさないように、静かに玄関のドアノブを回す。

「パパ？」

微かな音に息子が反応する。ドタドタと走る音がして、廊下に顔をのぞかせる。

「パパや！　パパや！」

起こしたらダメだって思って、家に入ったのに、期待している自分もいる。たまらなく嬉しい。

そして僕の布団に潜り込んでくる。

寝言で、

「パパ……」

と呟いたのを聞いた時は、我を忘れて息子を抱きしめた。


息子が全てで、息子の笑顔が全てを救ってくれる、間違いない。

でも、日々向き合っていると、自分に余裕がなくなっていくのがわかる。その中のひとつに、「早く寝ようよ」とイライラすることもある。仕事を抱えているとなおさらだ。

今になってようやく、子供を育てるということ、専業主婦であろうと、共働きであろうと、お母さんの大変さ、シングルマザー、シングルファーザーの現実がよくわかった。

特にこの時期は、自分のことで精一杯だった。

キャスターとしての責任、父親としての責任……。抱え込んでいる責任の重さに押しつぶされそうだった。

でも誰にも相談できない。

だって、それがパパだから、そう思っていたから。今なら「抱え込まないで」「助けてくれる人がいますから」って言えるかもしれないが、その頃は誰かに相談して、同情されるのは嫌だった。

親との関係

シングルファーザーとなって、大きく変化したのは家族との関係だった。

特に、母と姉には本当に感謝している。「母」を経験している二人の女性がいなかったら、僕は早々に行き詰まっていたに違いない。陰になり日向になって、二人がサポートしてくれたお陰で、息子も僕も、こうしてなんとかやっている。

３つ年上の姉と、これだけ話すようになったのも、今の現実があるから。まさか実姉とこんなにＬＩＮＥのやりとりをするようになるとは思わなかった。しかも、一日に何度も「ありがとう」と言っている。

息子が僕に「これなに？」って聞くように、育児について相談する。僕にとって、育児はわからないことだらけなのだ。育児書を読んでも、ネットで調べても、「これでいいんだ」という答えが見つからない。

たとえば、今まで奈緒に任せっきりだったから、いざとなると、シャンプーひとつとっても、何を使っていいかわからない。お風呂上がり、ベビーローションを塗ってあげたほうがいい、ってことはわかっていても、いざ塗ろうとすると、何を塗ってあげていいのかわからない。

ある時、奈緒がお風呂でよく体に塗っていたボディ・スクラブを、試しに息子に塗ってみた。血行促進にもよく、肌もツルツルになるという、奈緒のお気に入りだ。僕もマネして、よく塗っていた。それで息子にも塗ってみたのだが、翌朝、全身にブツブツができた。赤ちゃんには刺激が強すぎたのだ。

食べ物ひとつとっても、何歳ならお刺身を食べさせていいのか、とか、そういうことがわからない。

一度、知り合いからカニ味噌が送られて来て、食べてみるとこれが抜群にうまい。こんな美味しいものを自分が独占しているのも済まない気持ちになって、息子に食べさせた。翌日、じんま疹が出た。

育児書には、小さい頃は13時間睡眠が必要だとある。でも一緒に公園で遊んだ日の晩は、興奮しているのか、夜11時になっても寝ない。そのたびにどうしていいかわからなくて、僕はひとり、オロオロする。


熱が出た時もそうだ。

僕は37度を超えた時点でオロオロする。

手元に、お尻から入れるタイプの解熱剤を持っているけれど、いったいどのタイミングでそうしたらいいのか、まったくわからない。

僕の場合は、奈緒の乳がんの治療や出産の際に、多くの医療関係者の方々と知り合った。今でも気にかけてくださる、感謝してもしきれない大きな味方だ。でもだからといって、「解熱剤、いつ入れたらいいですか?」とは聞けない。当たり前だ。先生方も忙しい。

ネットで調べても、「赤ちゃんは40度ぐらいでも平気だ」とあったり、かと思うとひきつけを起こしたりするともある。

結局、姉のLINEに頼ることになり、随分、煩わせてしまった。姉にも小学生の娘がいる。姉のアドバイスや「大丈夫だよ」のひと言に、僕は何度も救われている。

僕にできることは、「姉ちゃん、ありがとう」と口にすることだけだった。

そして、息子の場合、生まれてこの方、まだ5回ほどしか、熱を出していない。本当にありがたい。それも、それほど大事になったことがない。息子の丈夫さにも、僕は救われている。


親に対してもそうだ。

僕は大阪の高校を卒業すると、東京の中央大学に進んだ。もちろん独り暮らしだ。読売テレビに入社して、いっとき、親元で暮らしていたことがあるけれど、すぐに家を出て、自立した。

自分でお給料を稼ぐようになり、親に頼るなんて恥ずかしい、逆に、親にしてあげることはないかと思って生きてきた。

結婚して家庭を持ってからは、その思いがさらに強くなり、

「オレは一家の主《あるじ》なんだ。オレは責任ある立場なんだ」

と自分に言い聞かせてきた。

だから正直、今、親に頼らざるを得ない自分に、戸惑いがあるのも事実。

でも、ほんまに恥ずかしいことだが、この歳になって初めて、親に面と向かって、

「ありがとう」

と言えるようになった。

もしかしたら、40過ぎて初めて、「ありがとう」と親に言えたのかもしれない。当然のことなのに、やっと。

なにせ、子どもを育てていると、お礼を言うことばかりなのだ。親が健在でなかったら、シングルファーザーとキャスターを両立させる生活は、成り立っていなかったに違いない。


奈緒のご両親にも、感謝している。

奈緒の月命日の日、月に最低でも一日は、奈緒のご両親にも自宅に来てもらって、一緒に「時」を過ごす。

主役は息子だ。奈緒のご両親――じいじとばあばにとことん甘える。

40代の僕でも、息子と一日中過ごすと、ぐったり疲れる。でも奈緒のご両親は、遊びに来てくれた日は、目一杯、息子に付き合ってくれる。

先日は、奈緒のお父さん――じいじと一緒に息子がお風呂に入った。

日常のルーティンと違うことがあると、イヤイヤする息子だ。

「じいじとお風呂入る?」と言って、どうするかな、と思って見ていたら、「うん!」と喜んで飛んで行った。あとで聞くと、お風呂の中で、じいじの背中をごしごし洗ってあげたらしい。

息子にとってもじいじとばあばとの時間は、大切なものなのだ。

奈緒のご両親と息子の間で、心のつながりができている。そのことが何より嬉しい。

40歳を過ぎての親子喧嘩

親に、感謝してもしきれない。

それはわかっている。わかっているけれど、この当時の僕は、母親との言い争いが絶えなかった(今でも時折、喧嘩をしてしまう)。

母親は――当たり前だが、いつまでたっても、僕の「母親」なのである。母親目線で僕を見る。

母親は、わが家に泊まり、育児やら家のあれこれをやってくれるのだが、そうすると、僕の帰宅を出迎えることになる。

「疲れてるようやけど、大丈夫?」

僕の顔を見るたびに、心配そうに言葉をかけてくる。

ありがたいが、これがたまらなく辛い。

疲れているのはもちろんだ。でも僕は、「息子のパパ」なのである。家のドアを開けた瞬間、僕はパパになる。パパとしてドアを開けている。

ところが、母から「大丈夫?」と声をかけられる。これでは、「パパ」ではなく、「息子」だ。それだけ心配かけてるんだから、何を言っているんだろうと思うけど。

夕食も母にとっては心配の種で、僕の顔を見ると、「食べてきたの?」「お腹空いていない?」「食べないともたないよ」と。

わかっている、僕のためにということは。

疲れるのは当然。自分の食事の心配より、息子の面倒をみるのは当然。それが当然だと自分に言い聞かせて、しんどくてもふんばっているのに、「大丈夫?」と声をかけられる。

こんなことでイライラするのは甚だおかしいとわかっていても、どうしても母親に当たってしまう。

たとえば保育園。

息子は、0歳の頃から、週に数回、保育園に通っている。

これには僕なりの考えがあった。母親は、「頼ってくれればいいから」と言ってくれたし、「60歳を過ぎて、2回目の子育てができるなんて嬉しい」とさえ言ってくれる。

しかし、その言葉に甘えちゃいけないいんじゃないか。自分で育てると決めた以上、自分の責任で育てなくちゃいけないんじゃないか。そう思っていた。

母親に負担をかけすぎたくない、という思いもあった。

いろいろなことをふまえた上での僕なりの考えだった。自分でそう決めると、人に聞いたり、ネットで検索したり、あらゆる情報を集めて、「息子にとってベストの保育園」を探した。

今どきは共働き家庭も多く、0歳児から預ける例は少なくない。いろんな情報、データを引っ張り出して、

「こうする」

って言うと、

「大丈夫だよ、私がみるから」「お金もかかるし」

と気遣ってくれる。

頼りたい、頼らせてもらいたい、でも、母親に負担をかけたくない、その一心で保育園に預けることにしたのだ。おかんのためにこうしたんやないか！　と訳のわからない意地を張る。

議論は平行線だ。

こちらがどんなに息子のことを考えて行動しても、母に負担をかけたくないと思ってみても、僕にもあるように、母親にも母親の意地がある。

しまいには、僕は母に怒鳴っていた。

「もう放っておいてくれ。オレの子だ、オレが全部やる！」

母は涙を拭うと、荷物をまとめて出て行った。


オレは何をやってるんや。

もう最低だった。

息子のため、母親のため。そう思ってやっているはずなのに、から回りする。

何も気づかずに、寝ている息子の顔を見る。申し訳ない。

オレは何をやってるんや。

結局、強がりながらも、僕は母に頼らざるを得ない。母がいなければ、キャスターという重職を続けることは不可能だった。何より、僕以外に息子を愛してくれる人が必要だった。

「ゴメン。そして、いろいろとありがとう」

僕は母に深々と頭を下げた。

リオ五輪

２０１６年8月、世界的なスポーツの祭典があった。第31回夏季オリンピック——そう、ブラジルで行われたリオデジャネイロオリンピックだ。

僕に、リオ五輪を取材するチャンスが回ってきた。夢にまで見た、オリンピックの取材である。キャスターとして、現地で取材し、伝えることができる。こんな光栄なこと、普通ならふたつ返事で引き受けるところだけど、この時、随分悩んだ。

全期間、リオに滞在するわけではなかったが、1週間家を空ける。1週間も家に戻らないのは、息子が生まれて初めてのことだ。息子はまだ2歳にならない。親が預かってくれるとはいえ、本当にそれでいいのだろうか。

仕事と息子。

天秤になんてかけられるものではないが、悩まざるを得ない。実際、僕がシングルファーザーでなかったら、家族にも相談せずに、リオ行きを決めていただろう。でもそれができない。

行動が縛られる。

キャスターとして当然のことだが、奈緒の手術の時も、笑顔で画面に映った。僕は、キャスターという仕事を選んだのだ。家族を言い訳にしたくない。

このことは、息子が大きくなった時にわかってくれるんじゃないか。そういう思いもあった。

もちろん勝手な理由だ。

いや、もしかしたら、勝手な理由をつけて「頑張っている」と自分に言い聞かせたかったのもしれない。

息子にとっては、僕が1週間いようがいまいが、将来、覚えていないかもしれない。なのに、勝手な理由をつけて、「パパを見てみろ」って。奈緒が一番嫌がっていた、悲劇のヒロインを、僕が演じようとしているのではないか。

自分がどんどん、嫌な人間になっていくように思えた。

アカン。このままではダメだ。

僕は親に頭を下げ、息子のことを頼んだ。夏の思い出は、また絶対につくるからって、約束して。


8月12日、金曜日の生放送が終わると、そのままタクシーで関空（関西国際空港）に向かった。

関空からリオへは、移動に27時間かかる。シートに小さい体をより小さく押し込めながら、リオへと向かった。

地球の反対側にあるブラジルは、時差も12時間だ。日本のほうが半日進んでいる。

結局、現地に着いたのは現地時間で14日日曜日の夕方。すぐに競技の取材に向かった。

最初に取材したのは、卓球女子。テレビ放映時間の関係なのか、競技は現地時間の深夜に始まり、朝3時に終わった。

12時間日本が進んでいるので、この時日本は午後3時。午後4時47分から始まる番組まで、もう間《ま》がない。急いで打ち合わせを行い、現地の特設スタジオに入る。そのまま生放送で、夜7時まで。片付けて打ち合わせを済ますと、終わるのは8時。

ということはすでに、リオデジャネイロは朝の8時だ。競技のいくつかは、朝9時から始まる。当然、寝る間もなく、慌ただしく準備をすると、目的の会場に向かった。

僕の役目は、キャスターとして現地に行き、自分の目で見たことを、視聴者にダイレクトに伝えることだ。せっかく現地にいるのに、「今日は1種目しか見ていません」では話にならない。僕はできるだけ、スケジュールを詰め込み、あちこちの会場に見に行った。

そして一日が終わるのが現地の朝3時。休む間もなく、今度は生放送だ。放送が終わると、競技の取材へ。

リオでの滞在は、移動時間も含め1週間だったが、結局、この間、ろくにご飯を食べた記憶もないし、ぐっすり眠った記憶もない。1週間、走り通した。

この間、生放送を一度も休むことはなかった。時差ってすごいなって思いながら。

リオ五輪。多分これは、僕の意地だったんだと思う。

頭のどこかで、「こういう取材はこれが最後かも」という思いもあった。

その時、明確にキャスターを降りることを決めていたわけではないけれど、このまま続けられないことは、本人がいちばんわかっていた。もう体力も気力も、残っていなかった。


このリオ行きの話も、実は会社から言われた言葉は、

「リオに行ってくれ！」

ではなかった。

「どうする？」

と。

つまり僕は、気を遣われていたのである。

妻を亡くしたシングルファーザーのキャスター。あまりいないかもしれない。そういう意味では、オンリーワンのキャスターかもしれない。

でもそんなオンリーワンはいらない。オンリーワンであることで、気を遣われるならば、そんなのオンリーワンでもなんでもない。気を遣ってもらっている分際で、何も言えることなんてないが、僕は、キャスターとして、キャスターではなくなっていくこと、自分の目指すキャスター像から遠のいていることがはっきりとわかった。

リオから帰ってくると、真っ先に息子の元へ向かった。

「パパ！　パパ！」

息子が飛ぶようにやってきた。

1週間ぶりのハグ。

「パパ！　パパ！」

息子の甘えたような声が心地いい。

ゴメンな、寂しい思いさせて。ゴメンな。でも、パパ、がんばってきたぞ。精一杯、やってきたぞ。

息子にお土産のリオのTシャツを着せる。

うん、似合ってる。パパの息子だ。

心なしか、1週間ぶりに見た息子は、以前より成長しているように見えた。ちょっと目を離しただけで、子どもはグンと変わる。

いや、いちばん成長させてもらったのは、自分かもしれない。

1週間、息子の面倒をみてくれた母親、フォローしてくれた姉。そしてパパ不在を我慢してくれた息子。僕は皆に、感謝しないといけない。

それまで自分ひとりで生きてきた気になっていたけれど、家族に感謝しなければならないことを、家族によって生かされていることを、僕は学んだ。

今も書き込むLINE

毎朝、僕はスーツのポケットに、奈緒の写真をしのばせてから家を出た。

キャスターとしてカメラの前に立つ時もそうだ。胸ポケットには、常に奈緒の写真があった。

情けない話だけど、僕は、ひとりでカメラの前に立てなかった。ちょっとした瞬間にも崩れ落ちそうだった。誰かが背中から人差し指で突いたら、僕はそのまま倒れてもおかしくなかったと思う。

まるで、細いロープの上を綱渡りしているような感覚だった。

それでも何とかやっていたのは、奈緒と、息子の存在があったからだ。

僕は生放送に臨む直前、ポケットの上から奈緒の写真に手を当て、心の中で奈緒に話しかける。

「頼むな」


奈緒に頼りっぱなしやな、オレ。


実際、奈緒はずっと僕を支えてくれている。

奈緒とは、携帯のＬＩＮＥで連絡を取り合っていた。何気ないやりとりばかりだったけれど、奈緒の書き込むひと言は、いつも僕を勇気づけてくれた。奈緒の「うん」「いいね」……そんなひと言が、僕の救いだった。

実はそのＬＩＮＥ、今も残している。

しんどい時、つらい時、どうしようもない時に、僕は自分の携帯から、奈緒のＬＩＮＥに愚痴を書き込む。

もちろん、「既読」の文字はつかない。返信も来ない。

そのことが寂しさを増すこともあるけれど、僕は奈緒へのＬＩＮＥにしか、本音を吐き出せない。ここは僕が逃げ込める、唯一の「隠れ家」だ。

ツイッターにフェイスブック……。

自分の〝想い〟を書き込める場所はたくさんある。多くの方が心配してくださり、弱音を吐き出してくださいね、そんな言葉も並んだ。でも何が大丈夫なのかわからないけど、大丈夫です。そういう前向きのメッセージを書き込みたい。

僕のツイッターを読んで、落ち込むよりは、明るくなってほしい。だから、愚痴は書けない。書きたくない。

奈緒だけは僕の愚痴を聞いてくれる。

どんなに愚痴っても、「大丈夫だよ」「そのままでいいよ」と言ってくれている気がする。声が聞こえる訳じゃない。でも、聞いてくれている。必死に、自分を守る場所を探していた。

甘えてるんかな。

僕の心の中の時計は、あの日からずっと動いていないのかもしれない。「なんで奈緒やったんや」と今でも思う。

いつまで引きずっている。情けないな、と思う。

でもそれが僕、今の僕で、僕には奈緒が必要なんだ。

替えがきかないもの

キャスターの仕事と並行して、講演の仕事が増えてきた。

奈緒との日々を綴った単行本『112日間のママ』を読んでくださった読者が、「実際に、話を聞きたい」という。

医療関係者の集まりに出たのが最初だった。医療関係者の方々には、奈緒の闘病で散々お世話になったので、何を伝えるとかではなく、お声をかけていただいたので引き受けたように思う。

行ってみて驚いた。

自分でも拙《つたな》い喋りだったと思う。準備も不足していた。でも、集まってくれた方々は、全くの他人の僕に、一緒に涙し、悔しがってくれた。僕も、多くの人が、さまざまな悲しみや悩みを抱いて生きていることを知った。

キャスターというのは責任重大な仕事だ。時には、カメラを通した言葉がテレビを通して、想像以上の方々に届く。僕は多くの視聴者に語りかけ、寄り添うことができればとあのキャスター席に座らせていただいていた。カメラの向こう側を想像して。でも講演会は違う。ひとりひとりの表情がはっきりと見える。ひとりひとりの息づかいが聞こえる。こうして、一緒の時間、空間を実際に共有する。これも大事なことなんじゃないか。

僕の中で、「語り合う」「共感し合う」という比重がウエートを占めつつあった。

ただ、もちろん平日は生放送がある。そうなると、必然的に、土日に講演をすることになる。

月曜から金曜は、キャスター。土日は、講演。

こうなると、プライベートの時間はどんどんなくなっていく。

「息子と一緒にいてあげたい」

そう思いながら、そうできない。

奈緒と僕の息子なら、講演活動の大切さもわかってくれる。そう勝手に思っていたけれど、現実には息子に寂しい思いをさせている。

ちゃんと講演するためには、準備もいる。

金曜の夜、自宅に帰ってから深夜3時過ぎまで作業を続け、翌朝、息子と一緒に目覚める。そして息子を母に預け、講演会会場へ。


自分のせいなのだけど、こうなるといろんなことが回らなくなった。

講演会を断ればいいじゃないか。そう言う人が多いこともわかっている。でも僕は、「誰かの〝想い〟に応えたい」と思って生きてきた。キャスターをやっているのも、その考えからだ。

講演会には、多くの方がわざわざ来てくださる。僕がそうであるように、何かを求めている。そこに〝想い〟がある。スケジュールなど条件が許すなら、やはり直接、会って話をしたい。そう思うと、おいそれと断ることはできなかった。無理をしてでも引き受けてしまう自分がいた。


キャスター。

シングルファーザー。

講演。

3つの役目が僕の上にかぶさってきた。

「かぶさってきた」というのは、正確じゃない。僕は自ら進んで背負ったのだ。

この頃の映像を見ると、僕の頬はげっそりしている。ああ、無理してたんやな、と思う。

忙しいと、どうしても自分のことは優先順位の下に来てしまう。息子、仕事、家族、自分……の順だ。

自分のことも、日々過ごすのが精一杯で、自分の食事のことはさらに後回しになってしまう。講演会でたくさんの人とお会いし、いろんな〝想い〟をお聞きする、それだけで胸がいっぱいになってしまうのだ。いろんなことを考え、悩み……そうしていると、食事のことは忘れてしまう。「あそこで、うまいもん、食べよう!」と考える余裕なんてなくなっていた。食べたいものもない。僕の好物を作ってくれる奈緒もいない。

でも、この頃、いちばん無理していたのは僕じゃない。息子だ。いちばん甘えたい時期に、僕は息子を母に任せっきりにしていた。僕が息子に甘えていたんだと思う。

そのことに気づいたのは、講演会に向かう日の朝——2016年の秋も深まった頃だ。

2歳を過ぎた息子は、もう随分、喋れるようになっていた。

ちょっと前までは、「パパ」と言えずに、「ンマ」と言ってたはずなのに、2歳を過ぎた頃からは、いつの間にか、「パパ」と言えるようになっていた。

僕が講演会に出かける日の朝は、

「パパ、パパ……」

といつも泣いて嫌がった。

僕は後ろ髪を引かれる思いで、講演会会場に向かった。

ところがある時から、息子は泣かなくなった。

「バイバイ！」

と明るく手を振って、すぐに僕の母のところに行ってしまう。

息子はわかったのだ。「パパはいつもいない人」、「ちゃん（僕の母のこと）はいつもいてくれる人」であると。

奈緒がいる間、僕は奈緒に甘えていた。

奈緒を守ると言っておきながら、守れなかった。

僕は同じことを繰り返しているんじゃないだろうか。

息子を守ると言ったのに、また、息子に甘えている。

今の息子と過ごすのは〝今〟しかないのに、その〝今〟をおざなりにしている。

息子は寂しさの中でじっと耐えている。

ママと会えないことも、パパとなかなか遊べないことも、じっと我慢している。


辞めよう。うん、辞める。

もっと息子に向き合おう。もっと自分に向き合おう。


キャスター。

シングルファーザー。

講演会。

何を辞めるか。

答えは出ていた。もしかしたら、僕でなくてもいいもの——それは唯一、キャスター だった。

夜中の衣装室

２０１６年の12月はじめ、僕は読売テレビにキャスター降板と退社を申し入れた。ありがたいことに、こんな僕を多くの人が引き留めてくれた。

迷いがなかったわけではない。なかったと言ったら嘘になる。

僕は1年の就職浪人をしてまで、テレビ局を選んだ。アナウンサーとなって、皆に〝想い〟を伝えたい、共有したい。そう願って選んだ道だ。そして憧れのキャスター席に座らせていただいた。そもそも、キャスターは、「なりたい」と手を挙げてもなれるものではない。その場所に、僕はいるのだ。

それを自ら降りる。

僕はすでに、1年前から、辞めざるを得ないだろうということはわかっていた。「これが最後かも」と1年間、踏ん張ってきたところもあった。僕の中で早くから答えは出ていたけれど、それでも会社に伝えるのに、随分時間がかかってしまった。

番組が嫌になったわけじゃない。僕はここで、人としても大きくしてもらったと感謝している。他ではできないいろいろな経験もさせてもらった。

降板することで、フリーキャスターになるんですかとも聞かれた。

現状に不満をもっての降板なら、そういう選択肢もあっただろう。でもそうじゃない。シングルファーザーとして、ひとり息子の父として、続けられない。それだけだ。

視聴者の方々には全く関係ないが、番組は奈緒と僕を結びつけてくれた場所だった。

もしキャスターの仕事をやっていなかったら、スタイリストの奈緒とは出会っていなかったかもしれない。そうしたら僕らの宝物——息子もこの世にいない。

キャスターとして過ごした時間は、僕にとっての大切なもので、そのスタジオは、日々ニュースと向き合う戦いの場でもあり、僕らの大切な思い出の場所だ。

キャスターを降りるということは、その思い出の場所が減ってしまうことでもあった。僕が二人の思い出の場所を消してしまったのだ。

２０１６年12月26日の放送で、僕はエンディングの時間を頂戴して、キャスターを辞める旨を、自分の口から発表した。

「私は来年1月27日で『ｔｅｎ．』のキャスターを降板することになりました。妻の三回忌を前に、がんの撲滅や入院施設の充実を支援する活動に専念させていただくことになりました。
『ｔｅｎ.』を通じて皆様にお会いすることが、本当に、私の大きな力です。そういった中ではありますが、今、私がやるべきこと、私ができることは何なのか、悩みに悩み考え、今回の決断になりました。皆様に支えられて、今の私があります。感謝しかありません。本当にありがとうございます」

この言葉に嘘も偽りもない。本当に感謝しかない。

明けて1月26日。いよいよ明日が最後の放送というその夜、僕はひとり、衣装室にいた。

ここだ。ここで奈緒と出会ったんだ。

奈緒のあの笑顔があったから、オレはがんばれたんだ。

スタジオのセットは、時代と共にリニューアルされていく。僕がキャスターを務めた5年ちょっとの間でも、何度も変わっている。

でも、この衣装室はあの時のままだ。奈緒と初めて出会った、あの時と一緒だ。奈緒とのたくさんの思い出が、頭の中を駆け巡る。


オレ、辞めることにした。奈緒、いいかな？

ごめん、勝手に決めて。正直、寂しいよ。

奈緒はさ、こんなオレを好きでいてくれた。頼りないキャスターをいつも励ましてくれた。キャスターの妻であることを誰よりも責任感強く感じてくれていて、手術の時も、「いつもの健さんが見たい」って、そんなはずないのに、怖いはずなのに、オレを休ませずにキャスターでいさせてくれた。奈緒は本当に嬉しそうに番組を見ていてくれた。

でも辞める。

……本当に辞めてよかったんかな。

奈緒……。

覚悟してんのに、自分で決めたのに、
涙があふれた。

２０１７年１月27日午後７時。

キャスターとしての最後の放送が終わった。番組に関わってから７年と10カ月。キャスターになってから５年と４カ月。奈緒が僕たちの横からいなくなってしまってから２年。清水健という人間の人生の大きなウエートを占めていた職場から、僕は自ら去った。

キャスターを辞めても、清水健は清水健だ。僕にできることは、全力で走ることだけだ。ヘロヘロになっても走り抜くことだ。

新しい場所に、僕は一歩踏み出した。

そして僕は、ひとりのパパに戻った。

第3章 失敗連続の子育て

電車のほうに引っ張っていったら
ホームに寝っ転がって乗るのを拒否する。
「違う、違う。パパ違う」って叫んでる息子と
起こそうと四苦八苦してる僕。
ホームにいる人たちはみんな見てる……

息子との時間

1月いっぱいで、僕は2001年からお世話になっていた読売テレビを退社した。

「辞めたのは、政治家に転身するためじゃないか」とも多くのメディアで報じられた。

パパ業と講演会、一般社団法人清水健基金。

やるべきことは見えていた。でも、長いスパンで人生を考えていたのか、と問われれば、そうではなかったかもしれない。

確かに、講演会依頼はありがたいことに多くいただいていたけど、それがずっと続くなんてあり得ない。そんなことはわかっていた。

こう言うと、「息子を守る」、「どうやって?」って言われそうだけど、それでも、それ以上に答えを出すのは無理だった。そう勝手に追い込んでいたのは自分自身だから余計に厄介だ。

「健は頑張っていたつもりだったと思う。でも、ほんとは、抱っこをさせるのも怖かったよ。フラフラで、今にも落としそうで」

と、退社当時を振り返って、母から言われる。

退社してすぐ、家族で旅行に行ったが、その時の写真には、まさに今にも倒れそうな自分が、息子と写っている。

僕は、家族に迷惑も心配もかけたから、息抜きでもしてもらえれば、と思って旅行に行こうと考えたのだが、周囲から見たら、それどころではなかったのだ。旅行以前に、「健に息子を抱っこをさせてあげたい、でも、大丈夫かな？」と心配されていたのだ。ほんまに情けない父親である。

僕は夜に目が覚めると、冷蔵庫を開けて、無意識に何かを探し、口にする癖がある。朝起きて、パンの袋があいているのを見て自分でもびっくりする。特にストレスが溜まった時とかには……。それで、一時、顔がパンパンになった時期もあった。それぐらい、精神状態は、行ったり来たり、どこに向かうのかもわからないような不安定さだったんだと思う。

ただ、体重が44キロまで減った時は、母親が、あえて、冷蔵庫の目立つところに甘いものを置いていた。「食べてくれたらいいんだけど」、と姉と相談して、そうしたらしい。

ほんまに情けない。僕と息子、どっちが、心配をかけてるんだ。

「ともかくちょっとゆっくりしてほしい」と家族から懇願された。将来のことどころか、自分のあやうさでここまで心配かけていたなんて、情けなさすぎる。覚悟をもって退社したはずだった。でも、あの頃僕はどうしようもない顔をしていたんだと思う。


「あら、まだ、そんな顔をしているの、ダメじゃない」

と言ってくださったのは瀬戸内寂聴さんだ。

寂聴さんに初めてお会いしたのは、番組の対談企画だった。その後もやり取りを続けさせていただいていて、というか、その時の僕があまりにひどくて、ずっと心配してくださっていたんだと思う。

退社後のある日、京都にある寂庵に呼んでいただいた。自分では気付かなかったけど、そりゃ、陰うつな表情をしていたのだろう。

「ちゃんと笑ってる？　あなたが笑顔でいなかったら誰がいちばん悲しむの？　そんなことわかってるでしょ」

もちろん、奈緒だ。これ以上、絶対に心配も悲しませもしたくない。寂聴さんは叱ってくださった。にこにこしながら。

僕が講演会を続けているのもご存じだった。時間を共有する、時には悲しみを共有する。それはすごく大事なことだと言ってくださった。

「でも、そのあと、みんな笑顔で帰ってくれてる？」

僕はハッとさせられた。

僕自身が、まだいちばん笑えていない、無理してカッコつけてるだけで、なんにも変わっていないことを寂聴さんはわかっていらっしゃる。寂聴さんには心の中を全部、見られている。

時に肩をポンと叩いてくださったり、撫でてくださったり、「頑張りなさい、あなたはできるから。息子さん、いるんだから」と優しい笑顔で。

お庭を見ながらお茶やコーヒーを飲んでいろんな話をしてくださる。僕はとことんその笑顔に甘えさせていただいた。初めてホッとしたような気がした。

体重が減ってしまっている僕を見て、「しっかり食べなさい」と、栄養たっぷりのご飯まですすめてくださった。「お昼からこんなにはさすがに食べられないな」と思いながらも、僕は久しぶりに満腹感というものを味わった。寂聴さんは、僕がそのお食事を残しても何もおっしゃらない。あー、僕は、ほんまに何をカッコつけてきたんだろ。「笑顔でいなきゃ」、全てをわかった上で、「あなたは、笑えるでしょ」とおっしゃってくださる。ひとりでも笑顔の人が増えてほしい、そのためには……。

大阪に帰ってからも寂聴さんに言われたことを何度も思い出した。

前向こうって。前向かな、あかんって。決して、「忘れるということではない」という寂聴さんの言葉と笑顔とともに、少しずつ、自分で作った変な鎧《よろい》を脱ぎ始めた。

退社した時、息子は2歳3カ月になっていた。

さすがに息子も、朝の6時に泣いて起こすことはなくなっていたけれど、その代わり朝7時になると、寝ている僕の上に飛び乗ってくる。

「パパ！」

多分、息子なりに気を遣っていて、本人はもう少し前に起きているのだが、7時までは待っているようだ。なぜ、そんなことがわかるのかというと、朝6時半頃から、僕の枕元で、プラレールをガラガラやっているからである。

プラレールとは、タカラトミーが出している人気のおもちゃで、電池で動く。息子のお気に入りは、機関車トーマスシリーズと、南海電鉄の特急ラピート、そして新幹線のドクターイエローだ。つい最近、環状線シリーズも仲間入り。

フローリングの床の上で、プラレールを走らせる。これが結構な音をたてる。ひとりで大人しく遊んでいるのを褒めないといけないんだろうけど、眠たい朝はこたえる。

やはり一日の始まりのスイッチを押すのは息子なのだ。

疲れた体をベッドから引きずり出し、朝食を一緒にとる。夜は講演会で一緒に食事ができない時が多いから大切な時間である。息子は離乳食も終わっていたので、大人と同じ準備ですむのがありがたい。

息子と一緒に、落ち着いて食卓を囲む。朝のひとときのこの時間が嬉しい。

息子の好物は「しゃっしゃごはん」だ。

何かあると「しゃっしゃごはん」「しゃっしゃごはん」と口にする。

「しゃっしゃごはん」とは、わが家の造語で、アンパンマンのふりかけをしゃっしゃっとかけたものを言う。おかずよりも白飯好きで、ふりかけさえあれば、ご機嫌だ。

食欲は旺盛で、食べる量も多い。本当は、もっとバランスよく食べたほうがいいんだろうけど。何度か、ご飯の中にいろんなものを混ぜ込んで食べさせようとしたが、すぐに気づいて「べェー」と吐き出されてしまった。気にしすぎて追い込まれるよりも、食べないより、食べてくれるほうを選んでいる。

ただ、「食べ物は何が好き?」と人から聞かれて、「しゃっしゃごはん!」と答えるのは、ウソじゃないんだけど、できるならやめてほしいよ。少しはいいお肉も、少しはいいデザートも食べさせているんだから……。

きっと「好き嫌い」が出てくるのも成長の証しなのだろう。

息子の大好物のもうひとつはイチゴ。ところが、母が家庭菜園で育てたイチゴを食べてから、風向きが変わった。そりゃ違うと思う。専門農家が育てた甘〜いイチゴと、素人の家庭菜園のイチゴでは。ある時、母のイチゴは息子には酸っぱかったのだろう。だから最近は、買ってきたイチゴを食べる時でさえ、

「パパ!」

とイチゴを僕の口に入れてくる。で、

「酸っぱくない?」

と聞くのだ。自分の親に、先に食べさせて、味を確認させているのである。子どもの知恵だ。オカンが頑張って作ったのに。

キャスター時代も、息子と食卓を囲むようにはしていたが、やはりどこかで気がせ

いていた。出社時間を融通してもらっていたとはいえ、来るべき生放送に向けて、いつも緊張は抜けなかった。

退社していちばん変わったのは、自分で自分の時間をハンドリングできるということだ。講演会のある日は、家を出る時間がある程度決まってしまうが、それでも、「この時間に出よう」と決めるのは自分だ。自分で自分の時間を調整し、余裕ができたぶんは、息子との時間に振り向けられる。それが数時間であれ、息子との時間が増えたことは、何よりも大きなことだった。

よーい、ドン！

一日、息子と一緒にいられる日は、午前中はＮＨＫのＥテレで『おかあさんといっしょ』などを見ながらゆっくり過ごす。

あのタイトルはなぜ、『おかあさんといっしょ』なのだろう？　息子と一緒に見ながら心の片隅で、「うちは、おかあさんといっしょじゃない」と思ってしまう。お母さんのいない家庭は、このタイトルに傷つくことはないのだろうか？　こんなことを感じてしまうこと自体、ちっちゃいなと思ってしまうが。

一緒にお昼ご飯を食べると、午後からは公園だ。息子と僕と愛犬の２人＋１匹で近所の公園へと向かう。

最近の息子のブームは、「よーい、ドン」だ。

「パパ、『よーい、ドン』しよう！」

とスタンディングスタートのポーズを決める。

親バカかもしれないが、このポーズがなかなかさまになってる。元陸上部として、意地になって教え込んだからかもしれないが、スジがいい。とはいえ、これがしんどい。「よーい、ドンしよう」と言うのは、一緒に競走しよう、ということだ。ひとりで黙々とダッシュを繰り返してくれるわけじゃない。

やりますとも！　僕もポーズを決める。

「よーい、ドン！」

キャッキャ言いながら、息子はまっすぐ走っていく。

男親としては、やはり簡単に息子に勝たせるわけにはいかない。「パパはすごいんだ」って変な意地があったり。だから僕は、わざと負けるようなことはしない。

「ゴール！　パパの勝ちぃ！」

悔しそうな息子の顔。

息子よ、人生は甘くないぞ。

「パパ、もう1回」

人生の大変さを教えるのはいいが、負けず嫌いの息子はこれがある。勝つまでやめないのだ。自分も負けず嫌いだから、息子の気持ちはわかる。

「よーい、ドン!」

エンドレスで続いていく。

さすがに40過ぎた体にはこたえる。だったら1回めで負けてやればいいんだけど、手を抜くとそれはそれでばれるのだ。

「パパの負け。だから終わりにしよ」

と言っても、

「ヤダ、もう1回」

となる。

気の済むまで走って、頃合いを見計らって勝たせてやる。こうするしかない。何回も走っているうちに、「わざと勝たせてやる」というよりは、本当にバテて走れなくなっているのだけれど……。

「よーい、ドン」が終わると、次は砂場だ。

砂場で山を作ったり、穴を掘ったり。砂場遊びは今も昔も変わらない。砂場遊びが好きなこともわかる。

わかるけれども、

「パパ、来て！」

たいていの砂場は、日陰がない。寝不足の身に直射日光はこたえる。息子が一緒に遊びたいのはわかるし、その時間を確保するために会社を退社するという大きな決断をした。でも、正直、ここまでしんどいとは。

公園に来ると、息子と愛犬の関係も変わる。

家にいると、ライバル関係になるのか、喧嘩してばかりいる。仲がいい、とはお世辞にも言えない。

ところが外に出ると、散歩紐を持ちたがる。わが家の愛犬レディはチワワなので、体長も30センチほど。子どもでも散歩できる。

ワンちゃんが飼い主を引っ張り回すという散歩もあるが、わが家の場合は逆だ。息子が犬を引きずり回すのである。何の悪気もないが。

引きずり回してどうするかといえば、公園にいる友だちやそのママに、「これは僕の犬だよ！」と自慢するのだ。レディがかわいそうで見ていられないが、息子の気持ちもわかるので、ここはレディに泣いてもらう。

公園には、馴染みになったママ友も何人かいて、僕らが公園に行くと声をかけてくれる。息子も、大人と話すのが楽しいらしく、よくおしゃべりをしている。

「今日はお父さんと公園、良かったね！」

「うん！」

「午前中はお父さんと何してたの？」

「パパ、ねんねしてた！」

おいおい、それを言うなよ。

たしかに『おかあさんといっしょ』を見ながら、ウトウトしていたけれど、それを言うか？　せめて、「テレビを一緒に見てた」と言ってくれ。「パパは仕事してた」でもいい。「ねんねしてた」はないだろう。

たしかに寝てた。しまいには横になってた。

……子どもは嘘をつかない。


滑り台も息子が大好きな遊具だ。

「パパ、見て！」

滑り台の上から手を振る息子に、

「すごいな！　ひとりでのぼれたな」

と声をかけながら、スマホのシャッターを押す。息子の勇姿を写真に撮るのは、親としての至福の瞬間だ。「パパ、見て！」がエンドレスになるのは、ちょっと困るんだが……。


僕にとっていちばんありがたい遊びは、シャボン玉だ。

シャボン玉を吹いてやると、息子は飽きずにシャボン玉を追いかける。どこまでもどこまでも追いかける。子どもはどうしてそこまで夢中になれるんだろう？　時折、息子の無邪気さが羨ましくなる。

シャボン玉のいいところは、日陰のベンチに座りながら、相手をしてあげられるところだ。吹くだけでいいから疲れない。手がべちゃべちゃになるんだけど。だから子どもと公園に行く時には、タオルも忘れずに入れていく。

「よーい、ドン」で疲れれば、うまくシャボン玉のほうに話をもっていく。シャボン玉が楽だ、なんて書くと、そんなことで本当に子どものことを思っているのかと思われるかもしれない。しかし子どもと付き合うというのは、体力の消耗戦なのだ。

たとえば、突然、両腕が筋肉痛になることがある。今まで、そんな痛みを覚えたことはなかった。いろいろ思い返すと、その前日一日、息子を抱っこしていたのである。そんなことで、使っていない筋肉が痛む。

僕は自分がシングルファーザーになって、子育てをするママたちの大変さを初めて思い知った。

子育てを「手伝う」のと、子育てを「する」のでは、まったく違う。イクメンは「手伝う」かもしれないけれど、シングルファーザーの僕にとって、子育ては「する」ものになった。両親の揃った家庭でも、子育てを「する」ママの苦労は変わらないと思う。

遊びは常にエンドレス

家で遊ぶ時のわが家の三種の神器は、プラレール、タカラトミーのミニカー「トミカ」、そして動物のフィギュアだ。

最近のプラレールは本当に精巧にできていて、機能も多い。

音声で動く機関車トーマスには驚いた。専用のメガホンで、「出発！」や「ゴー！」と言ったら走り出すし、「止まれ！」や「ストップ！」と言ったらそのとおり止まる。非常によくできているし、僕も一緒に遊んでいて楽しい。ただ、その遊びがエンドレスになってしまうのだが……。

プラレールの困るところは、電池で動くところだ。

動かし続けていれば、当然、電池はなくなる。

「そんなにやったら電池がなくなるよ」

と声をかけるけれど、もちろん息子はやめない。それどころか、別のおもちゃで遊んでいる時も、スイッチを切り忘れ、部屋の片隅でガーッと音を立てている。

精巧なプラレールほど、電池の交換は手間のかかる作業だ。中には、手で簡単にガチャッと車体を外し、電池を交換するタイプもあるが、息子の持っているプラレールの多くは、ドライバーを使って、ねじを外さなければならない。

講演会が終わって疲れて帰ってくると、息子は、プラレールを手にして出迎える。「おかえりなさい」の前に、「パパ、直して！」とくるのだ。電池の交換は、パパの僕しかできないことにしている。パパの威厳だ。

「だから言ったじゃないか、そんな使い方してたら、すぐに電池がなくなるって。電車も休憩したいんだから」

と口に出してみるが、まあ、通用しない。

疲れている時に、このねじ回しは結構キツイ。それほどメカに強いわけでもなく、工作も得意なほうではないので、少しイライラする時もある。

多分、息子は、

「パパならなんでもできる」

と思っているのだろう。そう思われるのは誇らしいし、そう思われるために、電池交換はパパの仕事にしている。その気持ちに応えてあげたい。でも、疲れて帰ってきた今、このタイミングで持ってくるか？　帰宅して、すぐに、ドライバーを手に。パパの仕事は無限大である。

トミカも案外、曲者だったりする。

ミニカーだから、ねじ回しや組み立てがいらないかといえば、そう単純ではない。わが家には、ミニカーがくるくる回る大きなコースがある。途中、ジャンプ台があったり、走行コースを変えることができたり、と本格的だ。本当によくできている。

僕はよく息子と、このトミカのセットを使って、ごっこ遊びをする。

トミカのコースを中心に、そこに町を作るのだ。画用紙に檻《おり》を書いて、「ここはライオンさんのおうちにしよう」「ここはパンダさんかな?」と動物フィギュアを置きながら、動物園を作っていく。プラレールの駅と線路も組み合わせれば、誰が見ても楽しい町の完成だ。

ところが、息子はそれが気に入らない時がある。

というより、主導権を握りたいのだろう。

「動物園、ない!」

と言って、パンダを放り投げる。両手で動物園をぐちゃぐちゃにする。

僕は黙って、動物園を作り直す。出来上がってしばらくすると、息子は

「ない!」

またしてもパンダを放り投げる。

それだけならまだいい。

トミカのコース、これは、横80センチほどの大きなコースで、本格的ということは、部品が多いということだ。コースに刺してある信号機やガードレールを抜くのは序の口。ポイするのが楽しみなのだ。で、そのうち、コース自体を分解し始める。

そうなると、もう止められない。「ポイ、ポイ」が始まる。わずかの時間で、トミカの立派なコースは、見るも無残な姿となる。

で、決まってこう言うのだ。

「パパ、なんで」「いやいや、当然だろ」と思うが、「パパ、直して！」の可愛い声。甘えているのである。それは十分にわかっている。

だが簡単にいかない。説明書と箱を押し入れから引っ張り出す。僕は説明書を片手に、箱のパッケージ写真と見比べながら、コースを組み立て直す。これが、うまくいかない。疲れているし、講演会の反省もしたい。でも、まずは、このコースだ。工作がもっと得意であれば……。

息子に当たってもしょうがないことはわかっているが、

「だからさ、壊しちゃいけないんだって」

と小言のひとつも言いたくなる。

動物フィギュアは、目下のお気に入りだ。
2、3センチの精巧なフィギュアで、なかなかカッコいい。息子はこれで、「どっちが強いかゲーム」をするのである。たとえば、ゾウとライオンを向かい合わせ、どっちが勝った、負けた、とやる。
これもひとりで遊んでくれるならいい。ところがそうじゃない。

「パパ、ゾウとライオン、どっちが強い?」

と聞いてくる。

答えを求めているのではない。一緒に遊びたいという息子の提案だ。息子はライオンを手に持ち、ゾウを僕に差し出す。開始だ。

「ガオーッ」

息子はライオンになりきり、象とライオンを向き合わせる。

不思議なもので、息子は自分が勝ちたいのだけれど、すぐに勝つのは面白くないと思っているらしい。だから最初は、必ず僕が勝つ。

「パオーン、やったー、パパの勝ち！」

するど息子は決まって、

「がっくり」

と言って大きく首をうなだれる。どうやらこの「がっくり」をやりたいらしい。その気持ちにこたえるべく、パパは2連勝。でもこのままだと、負けず嫌いが頭をもたげて、ややこしいことになるので、3回目は決まって息子の勝利。

「ああー、パパの負けだ。パパ、がっくり」

きゃはは、と息子の嬉しそうな笑い声。

これで終わってくれるならいい。だがそうはならない。

「パパ、ライオンとキリン、どっちが強い？」

息子よ、マジか？　やっぱり、またまたエンドレスなのである。

最近の息子の口癖は、

「パパ、来て！」

一緒にいる時間が長くなったせいか、甘える頻度も高い。たとえばジグソーパズルで遊ぶとする。一緒に遊ぶなら、僕のいるところまで持ってきて広げればいいと思うが、そうじゃない。自分のお気に入りの場所にぶちまけて、僕を呼ぶのだ。

「パパ、来て！」

しかも僕の座る位置が右斜め隣と決まっていて、別の場所に座ろうものなら、「パパ、ここ！」と場所を移される。

プラレールが壊れても、持ってこないで、

「パパ、来て！」

動物フィギュアで遊びたい時も、

「パパ、来て！」

疲れている時は、「パパ、来て！」のセリフに、「またか」と思ってしまうこともある。３メートル、体を動かすのがしんどい。けれど、きっと息子は、僕の愛情をはかっているのだろう。僕は息子に呼ばれると、重たい腰を持ち上げる。

恐怖のだいだい色、大阪環状線

最近は、外でもこだわりが強くなっている。

大阪には、ＪＲ大阪環状線（ＪＲ西日本）がぐるっと通っている。大阪駅、西九条駅、天王寺駅、京橋駅……という主要駅を通る、大阪の中心路線だ。東京で言うところの山手線だ。山手線のイメージカラーは緑だが、大阪環状線はだいだい。正確には、このだいだい色は、「朱色1号（オレンジバーミリオン）」と言うそうで、東京の中央線でもイメージカラーになっている。

大阪環状線を走る103系は、車両全体がだいだい色なのだが、息子はこれが大好きなのである。

ややこしいことに、環状線の線路を走っているのは、環状線の電車だけではない。関空に直結するシルバーの車両や今は相互乗り換えが進んでいる。本数も増え、どれに乗っても、僕たちの目的地には着く。だが、だ。息子はだいだい色の電車でないと家に帰れないというのをかたく覚え込んだ。なぜかはわからない。

まあ、それはよしとしよう。ただ、困ったことがひとつ、そのだいだい色の103系が、順次廃止されているのである！

代わりに、たとえば323系という新型車両が投入されているのだが、この車体がシルバーなのだ。イメージカラーのだいだい色は、わずかに車体に引かれたラインに残っているが、「何色か？」と言われたら、やはりシルバーなのだ。

保育園のお迎えの帰り、息子と環状線の駅で電車を待つ。

新しい323系がホームに滑り込んでくる。

「よし、これに乗って帰ろう！」

「違う。これじゃない」

「これめっちゃカッコええで。超速いやつやで。これに乗ればびゅーんと帰れるで」

「違う。これじゃない」

頑として動かない。いったいこの頑固さは誰に似たのか。

電車が2本、3本と来ても「だいだい色」は来ない。ホームで10分、20分、だいだい色を待つ。真夏の駅のホーム、親子二人、汗びっしょりである。こりゃ、ダメだ、今日は、シルバーに乗せる。

電車のほうに引っ張っていったらホームに寝っ転がって乗るのを拒否する。

「違う、違う」

「パパ、違うー」

って叫んでる息子と、起こそうと四苦八苦してる僕。ホームにいる人たちはみんな見てる……。

ようやく、だいだい色の車両が見えてくる。

「やったー！」

息子がはしゃぐ横で、実はいちばん喜んでいるのは、この僕である。「マジ来てくれてありがとう！」と、僕は心の中でだいだいの１０３系に頭を下げる。

このあいだは車で保育園に迎えに行った。ところが駅に行く道でないことに、息子は途中で気づいた。

「今日はブーブーに乗って銭湯へ寄ってこうか」

と息子の喜びそうな提案をするが、息子は首を縦に振らない。

「パパが迎えに来る」イコール「だいだい色の電車」なのだろう。

無理やり車に乗せようとすると、

「電車で帰る！」

息子は、駐車場で寝っ転がって手足をばたつかせる。

息子の電車好きを知っている奈緒のご両親が、環状線のプラレールをプレゼントしてくれた。だいだい色の１０３系である。そりゃ、息子の気に入り具合は半端ない。

実は、僕はその前に、その情報を知っていたので、最新の３２３系――シルバーの環状線のプラレールを息子にプレゼントしていた。

「カッコええやろ。超速いやつやで」

それはそれで気に入ってくれている。両手に、環状線。でも、「乗るのは？」と聞くと「だいだい色！」、なぜだ。

この本を書いている最中、10月で103系が引退というニュースが飛び込んできた。さてどう説明しようか

怖いパパ

息子が奈緒のお腹にいる間、僕はお腹に顔をつけ、いつも語りかけていた。

「パパ、お前のこと絶対に怒らないからな。めちゃめちゃ甘やかすからな」

冗談で、「怒るのは奈緒の役目、優しくいたわるのはオレの役目」だと言ったこともある。

奈緒も口癖のように、

「運動ができなくてもいいし、勉強も得意じゃなくていい。何もできなくていいから、優しい子になってほしい」

と言っていた。

「人の痛みのわかる優しい子になってほしい」

それは奈緒と僕の、共通した思いだった。

今も、「将来、こんな大人になってほしいな」と考えたことは不思議とない。笑顔であってほしいとの思い。僕自身、余裕がないのもあるんだとは思う。奈緒がいたら、「こいつ、ボールの扱いがうまいぞ。野球選手なんてどうかな」とか、「結構、絵がうまいな。将来アーティストかな」と、息子の将来を笑いながら話しているんかな。

でも、どれだけ日々に追われても、「優しい子になってほしい」という大前提は忘れてはいけないいなと反省する。

甘やかすはずだった。

怒らないはずだった。

人一倍、息子に優しくするはずだった。優しいパパになるはずだった。

ところがシングルファーザーだとそうはいかない。叱る役、優しくする役と役割分担しようにも、分担する相手がいない。

姉も母も、息子に優しくしてくれるし、いいことをすれば褒めてくれる。奈緒のご両親も息子を愛おしく思ってくれている。皆、駄目なことをすれば注意してくれるが、本気で「怒る」ことはしない。僕を思ってそうしてくれているのだと思う。

息子を叱りつけることができるのは、パパである僕だけなのだ。パパがしなくちゃいけないのだ。息子を叱るたびに僕は、奈緒に「これでいいんだよな」と確認する。


ある晩、息子が、僕の母から——つまりおばあちゃんから、

「もう寝る時間だから、オモチャ片付けようね」

と言われた。

普段なら、「はーい」と言って片付けるか、「もうちょっと」と言って遊び続けるか、そのどちらかだ。ところがこの時は違った。

「アンパーンチ！」

とおばあちゃんを叩いたのだ。

「アンパンチ」とは、テレビアニメ『それいけ！アンパンマン』の主人公、アンパンマンの得意技だ。片腕を振り回しながらパンチを繰り出し、敵を一撃で倒す。必殺のパンチである。

アンパンマン好きの息子は、その真似をして、右手をグルグル回すと、おばあちゃんを叩いた。

もちろん、強く叩いたわけではない。悪ふざけだ。でもこれはダメだ。

「そこに座りなさい！」

僕に怒鳴られた息子が、固まっている。

「いいからそこに座りなさい！」

息子を強引に、床に座らせる。僕はその前にしゃがみ込むと、目をそらそうとする息子の肩を両手で摑み、語りかけた。

「今、おばあちゃんにパンチしたな。いいか、何があっても叩いちゃダメだ。それだけは絶対にしちゃダメだ！」

息子は僕の剣幕に泣き出した。

「泣いたってダメ。叩いていいの？　なあ、叩いていいと思う？」

息子はいっそう泣きじゃくる。

「言えるよね、おばあちゃんにごめんなさいって言いなさい！」

僕は謝るまで許さない。

人として、絶対にしちゃいけないことがある。それを教えられるのは、父親である僕だけだ。真剣に叱ることができるのは僕だけだ。僕は息子から目を逸らさず、「謝りなさい」と言い続けた。

ゴメンな、全然、優しいパパじゃないよな。

きっと僕は、息子にとって「いちばん怖い大人」になっているのだろう。

うんち事件

とはいえ、いつも叱っているわけではない。

息子のやらかすことの多くは、叱れないことが多い。泣きたくはなるけれど……。

そのひとつが、うんちとおしっこだ。

10月に3歳になる息子のトイレトレーニング。これが非常に難しい。今では、ほぼ、うまくいくようになったが。

たとえば、保育園に向かう朝。

「おしっこは大丈夫？　うんちは大丈夫？」

と声をかけて出発する。

「大丈夫！」

と元気よく答える息子。

エレベーターを降り、マンションの前の路地を通って大通りに出て……とこのタイミングで言うのである。

「パパ、うんち出た……」

おいおい、だからさっき聞いたやないか。さっき替えたばかりのおむつなのに。

結局、また家まで戻り、新しいおむつに替える。

これはさすがに叱るわけにはいかない。しょうがないのである。親として誰もが通る道だと自分を落ち着かせる。

シングルファーザーになって、「トイレ」の大切さもよくわかった。

たとえばレストランを選ぶ時も、それまで、味で決めていた。今はそうじゃない。

まず、オムツを替える場所のないレストランでの食事は難しい。デパートの選び方も、「男性トイレにオムツを替える広いスペースがあるか」ということが、選択の第一基準になる。だいたい、出かけた時に限って、息子は大を気持ちよく出すのだ。

建物に入るとまずトイレの場所を確認するのも癖になった。

トイレトレーニング中はお風呂でもやらかした。

トイレは大丈夫かと声をかけてからお風呂に向かうのだが、息子は、「大丈夫！」

と湯船にザブン。アンパンマン人形で楽しく遊んでいると、体がブルッと震えた。

「パパ、うんち……」

おいおい、ここで言うか。

「よし、トイレ行こう！」

「イヤ」

「トイレ行かないと」

「イヤ」

このタイミングで、強烈な「イヤイヤ期」である。無理やり連れて行って、大泣きされるのも困るし、このまま湯船でされてしまったらもっと困る。

仕方なく、湯船からあげる。すると、不思議なもので、トイレでうまくできない息子が、うんちをするポーズでいきんでいる。それができるなら、トイレでやれよ、と思うがしかたない。

いつもは、おむつの中にうんちをしているので、息子は自分の出したものを目にしたことがない。僕は嫌と言うほど見ているけれど。この日は、お風呂の床でしたせいで、自分の目で確認できる。

「おー」

立派なうんちに自分でも驚いている。

あまりの立派さに、息子は1分ぐらい、目が離せないでいた。

後片付けは大変だったが、おむつじゃない場所にうんちをする気持ちよさを知ったのだから、それがトイレトレーニングに生きると思いたい。

母親にこの話をしていたら、「あなただって……」と意味ありげに言われた。息子よ、どうやらパパも似たような失敗をしたことがあるようだ。

学校選び

僕は皆で食事に行くことは好きだったが、お酒をたくさん飲むということはない。その代わりと言ってはなんだが、服道楽だった。

独身時代は特に、「がんばった自分へのご褒美」と言っては、新しい洋服を購入した。

結婚すると、さすがに買う量は減ったが、それでも「自分へのご褒美」という買い物は多かった。息子が生まれてから、それがすっかり変わった。

今、手元にあるお金は、自分のものじゃない。息子のために使おう。将来の息子のために残そう。自然とそう思う。それが全くいやでもなんでもない。

いろいろと実際に調べてみると、教育にはお金がかかる。

3歳から幼稚園に通い、小学校、中学校、高校と、すべて私立に通った場合、かかる費用は、平均約1770万円だ。すべて公立に通った場合だと、平均約523万円になる（文部科学省「平成26年度　子供の学習費調査」）。

大学に行く。そうなるとさらにお金がかかる。

国公立大学に進んだ場合は、入学金や学費を合わせて4年間で、平均約484・9万円。私立文系だと、695・1万円。私立理系になると、879・7万円にもなる（日本政策金融公庫「教育費負担の実態調査結果 平成28年度」）。

さらに、アパートを借りて生活するようなことになれば、年間平均の仕送り額が145万円だから、4年間だと580万円になる（同前）。

いちばんお金のかかる、幼稚園からオール私立＋私立理系＋下宿コースだと、約3200万円だ。ここに習い事や塾、スポーツクラブなども入ってくれば、4000万円を超えてしまうのではないか。いちばんお金のかかるコースを視野に入れるなら、それだけのお金を、息子のために確保しなければならないのである。

僕はとりあえず、もうひとつ口座を開き、息子のための貯蓄を始めた。口座を分けたのは、このお金には手をつけないと決めて区別するためである。

学校選びも慎重になる。

幼稚園からお受験をさせて、エスカレーターの小学校に行かせるべきか。公立の小学校に行き中学校で受験させようか。

選択肢は無数にあって、どれが正解かはわからない。親にも相談するが、最終的には僕が決めないといけない。奈緒ならどうするだろうと想像しながら。

僕自身は、地元の幼稚園、公立の小学校、中学校、高校と進んで、私立の中央大学へ行った。その選択は間違っていなかったと思うけれど、息子がどの道を歩むのがいいのかはまだわからない。

目下、喫緊《きっきん》の問題は、どこの幼稚園に行かせるかである。

最近の僕の夜の時間は、幼稚園探しに費やされている。検索しては資料請求。その繰り返し。

僕の中でいらぬ心配とは思いつつも、「幼稚園に行って寂しい思いをしないでほしい」という思いがある。息子にはママがいない。だからといって、しょげてほしくない。こんなに心配していても、息子は息子で自分の人生を歩むんだと思う。息子は親の僕より強いだろうと思う。

でも、親がいなくても寂しい思いをさせない配慮のある幼稚園。そんな幼稚園が存在するかどうかわからないが、少なくとも、それに近い環境を用意してあげたい。

園見学や体験入学も、時間を見つけてあちこち行った。平日だと、お父さんと来ている子どもはほんのわずかで、そのことに引け目を感じている自分がいる。「お母さんと一緒に積木を積んでみよう！」と先生が言うたびに僕は下を向く。そんな小さなことで、僕がいちいち傷ついていてもしょうがないのはわかっているけれど、僕はいつも動揺してしまう。センシティブになりすぎてもいけないし、社会の優しさもこのところ身に染みているけれど、当事者としては、もう少しだけシングル家庭に配慮があってもいいのかな、と思う。

大人数の幼稚園、小学校受験に特化した幼稚園、外遊びが充実している幼稚園……。目移りするほどいろいろある。でも、息子が楽しんでくれればそれでいい。やっと、最近、息子の笑顔を見ていると、吹っ切れた気がする。とは言っても、調べる自分がいる。息子が、伸び伸びと楽しくできる幼稚園はどこだろう、と。

ネットの口コミサイトにも加入した。幼稚園の評判を書き込んだ口コミサイトがいくつかあって、そこの書き込みはとても参考になる。

ここって結構、自由に図工をやらせるのか。息子は絵を描くのが好きだからいいかもしれんな。ここは給食がいいらしいぞ。食事がいいっていうのは、大事やな。おっ？ここは英語教育が充実してるな。オレは喋られへんから、小さいうちから英語に触れさせるのはいいかもしれんな。僕の夜の独り言である。

口コミサイトは参考になるが、本当に大事な情報は、有料会員にならないと見られなかったりする。有料会員のボタンを押す。僕は今、複数の口コミサイトの有料会員である。

今通っている保育園の先生たちも、僕にとっては頼りになる存在だ。0歳から面倒を見てくれ、事情も理解してくれている。かと言って、特別扱いではなく、しっかりと社会を学ばせてくれている。お迎えなどの時、先生と顔を合わせるたびに「ここの幼稚園ってどうですかね？」と聞いてアドバイスもいただいている。

読売テレビを辞めた今、収入は安定しなくなった。だから自分のためにお金を使うとなると、非常に惜しくなる。以前は、数年前に買った服を着るなんてあり得なかったが、今では平気で数年前に買った服を着ている。

ところが、息子のためだと思うと、お金が惜しくない。たとえば、「いつもの服より高いな……」と思いつつ、息子と僕のペアルックの服を買ってしまう。

まさか自分が、息子とペアルックを着たいと思うとは！

自分でも驚いているが、「着たい」と思ってしまうのである。奈緒ともペアルックなんてしたことがないのに、だ。で、思い切って購入する。

ところが、そんなパパの気持ちを息子は知らない。

「今日はパパと一緒のこの服、着ようか」

とペアルックを用意すると、

「イヤ！」

と服を掴んで放り投げる。

そして「これがいい」とバーゲンで買った安いTシャツを引っ張り出すのである。

おいおい、君が投げ捨てたこの服、結構な値段したんやけど……。

絵本を選ぶ日々

本屋での行動も変わった。

今までなら、キャスターとして必要な本——時事ネタの本や話題の本を購入していた。情報を仕入れたり、自分を磨いたりするための本だ。

今、覗くのは専ら、絵本コーナーだ。何度も何度も立ち読みして、どの絵本がいいか、じっくりと選ぶ。

絵本選びで悩ましいのは、たいていの絵本が、ママと子どもの物語であることだ。犬が主人公でも猫が主人公でも、出てくるのはたいてい、パパではなく、ママ。

気にし過ぎじゃないか、こういう時にも自分の小ささを実感する。でも、絵本を読むとたいてい「ママは〇〇しました」。当たり前なんだけど、パパが主人公の絵本がもっと増えてもいいのではと思う。

絵本を買うのは、夜、寝る前に「読み聞かせ」をしてやれば、すぐに寝付くんじゃないか、という下心もあった。そういう類の絵本もたくさんある。挑戦する。

……おかしい。まったく寝ない。

紹介文に「読んでいる途中で、子どもが寝てしまいました」とあったじゃないか。

それなのに、息子はランランと目を輝かせて、最後まで聞いている。

とうとう読み終わってしまった。

「パパ、次はこれ！」

肩を落としたのは言うまでもない。おいこれ、１４００円もするんやぞ。

実は、「読み聞かせ」には自信があった。

なにせ、15年以上アナウンサーをやってきたのだ。言ってみれば、朗読のプロである。声音を変える。抑揚をつける。まるで絵本の中にいるかのような臨場感。

そう、ドラマチックに読み過ぎたのかもしれない。息子は楽しんでいたので失敗とは言えないが、噛んだところも多かったし……。

息子の大好きな絵本は、そもそも静かな物語ではない。お気に入りは変わっていくが、一つに、『アンパンマンをさがせ！』があった。

これは昔流行った、『ウォーリーをさがせ！』や『ミッケ！』と同系統の本で、見開きの細かい絵の中から、アンパンマンなどのキャラクターを探し出す本だ。

わが息子ながら感心するが、何度もやっているせいか、ほとんどの場所を覚えている。ページをめくると、問題文を読む前に、サッと指を差す。

わかっているなら、やる必要ないんじゃないか、とも思うが、そうじゃない。わかってるからこそ、楽しいのだ。

夜、ベッドの中で、また親子の勝った、負けたが始まる。僕も本気だ。

「いえい、パパの勝ち！」

「がっくり」

「ボクの勝ち！」

「がっくり」

この繰り返し。

息子は策略もたてるようになってきていて、自分が苦手なページは開かせないようにする。そこは僕も気づかないふりをして先に進む。

最終ページ、ここでは絶対に息子に花を持たせる。満足して、気持ちよく寝てほしいからだ。

「すごいな。早かったな。パパ、負けちゃったよ。がっくり」

じゃあ、今日は寝ようか……と言いかけると、息子が言葉をかぶせてくる。

「パパ、もう1回！」

息子の嬉しそうな顔を見ると、ついつい甘くなる。

「じゃあもう1回だけな。指切りげんまん、ほんま、最後やで」

「うん！」

再開。最後は息子の勝ち。

じゃあ、今日は寝ようか……と言いかけると、またまた息子が言葉をかぶせてくる。

「パパ、もう1回！」

「指切りげんまん、しただろ？」

「パパ、もう1回！」

……エンドレスである。

家庭用プールの失敗

失敗なんていっぱいある。フィギュアが好きなら、恐竜も！と思い、恐竜図鑑とDVD。喜ぶぞ、と思えど、息子の心に響かない。「パパ、これ、怖い」。

家庭用プールも最初からうまくいったとは言い難い。今年の夏はとにかく暑かったので、のちには〝プールで遊んで、お昼寝〟とリズムができてよかったのだが……。

最初、暑くなってきたし、ベランダでプール遊びをしたら、息子も喜ぶだろう。そう思って、家庭用プールを買ってきた。

息子が昼寝している隙に、膨らませることにした。小さなサイズを選んで買ってきたつもりだったが、意外と大きい。足踏み式の空気入れで、シュッシュッシュッシュッ……と何回踏んでもなかなか膨らまない。

本当にオレ、疲れてると言いながら、なんでこんなに足踏みを。

でも息子が喜んでくれるならいい。あいつ、起きたらすげぇ喜ぶぞ。

信じられないほどの時間がかかったが、ようやく完成。ベランダに出して水を張る。

昼寝から起きた息子をベランダに連れて行く。待ちに待った瞬間だ。

「じゃあーん、プールやぞ！」

「やったー！　パパ、入りたい！」

予想通りの反応だ。この瞬間がたまらなく嬉しい。

昼寝で汗ばんだ息子の服を脱がし、裸の息子をプールに入れる。僕はシャワーを引っ張ってきて、息子に優しくかけてあげる。

手でバチャバチャやりながら、歓声を上げる息子。平和なひとときだ。

よし、もっと楽しませてあげよう。シャワーをちょっときつくして、息子の顔にブシャーッとかけた。気持ちいいんじゃないか、喜んでくれることを期待して。

「イヤイヤ、パパ、イヤ!!」

ちょっと待ってくれ。少しだけ強くかけただけやないか。

続けざまにもっと大きい声で、

「嫌い、嫌い、嫌い、嫌い」

ご近所に聞こえるような大声だ。

パパは筋肉痛になるほど、空気入れを踏み続けたんやぞ。お前が喜んでくれると思ったから、がんばって用意したんやぞ。

でもそんなことは息子にはわからない。

シャワーの水を強く顔に当てる嫌なパパ。

結局、その記憶だけ残して、その時のプール遊びは終わった。

良かれと思い入れが強い時ほど、失敗も多く、そのたびに僕は落ち込む。難しい、子供心は。

アンパンマンのシール本を買った時もそうだった。

仕事先で見つけ、「これは喜ぶぞ」と買って帰ったら、その日は見向きもしない。

受け取ったら、すぐその場で遊んでくれると思っていたのに、手も触れない。

数日経って、遊んでいるのを見てホッとしたけれど、子どもが「自分の思っているとおり」に反応しないことなんて日常茶飯事だ。むしろ、そのほうが多いことに最近ようやく気づいた。

息子は、奈緒に似ているところ、僕に似ているところ、どっちもあるけど、息子。僕が思うように反応しないなんて、当たり前だ。

それに、僕が「大人の感覚」でものを見ているということもある。大人から見て「良かれと思う」ことは、子どもからすると、面白くないことが多い。

本当に子育ては、日々、失敗の連続だ。

失敗、失敗、失敗、失敗……と続く中で、たまに大成功があるという感じ。僕は毎日、いろんなことを学ばされているけれど、僕の学ぶスピードよりも、子どもの成長のほうが早い。

ストッパー

書いていて気づいたが、僕は息子の喜ぶ顔が見たいのだ。

息子が喜んでいると、僕は、奈緒に対して誇らしい気持ちになる。その逆で、息子の顔が暗いと、僕は奈緒に対して申し訳ない気持ちになる。

子育てをしながら、いつもどこかで、

「奈緒ならどうしただろう」

「奈緒なら、もっとうまくやっただろうに」

そう思ってしまう自分がいる。

奈緒よりもうまくできないことはわかっている。でも精一杯やるしかない。


読売テレビを退社して、周りの人たちから、「表情が変わった」と言われるようになった。僕の表情じゃない。息子の表情だ。

今、僕と息子とで一日遊んだ日の息子の表情は、まったく違うのだと言う。僕がピリピリしていて、もういっぱいいっぱいだったあの日々とは。

実際は今も、講演活動で忙しくしているので、息子と毎日一緒、というわけにはいかない。それでも随分、一緒にいてあげられる時間が増えた。一緒にいながらウトウトすることもあるけれど……。

実は僕自身の表情も変わった。

前はとにかく追い込まれていた。当然である。それほどの重責を与えてもらっていたから、それをやり遂げるためには覚悟が必要だった。プレッシャーも緊張感も伴う。自分でもわかるぐらい険しい表情をしていた時がある。息子の表情が明るくなかったとしたら、多分に、僕の精神状態が良くなかったせいもある。

正直に言うと、キャスター時代と今は、何ら変わらない。忙しさも、責任も、プレッシャーも。さらに言うと、今のほうが、忙しい月もあるし、自分で決めたことをやり抜かなければならないという、責任感は増しているかもしれない。

でも、講演活動とパパ業に専念するようになって、不思議と、僕の中にも余裕が生まれた。以前のように、食事をとることを忘れるようなことはなくなったし、食欲も随分、戻って来た。

今、この瞬間は、今しかない。

今の息子は、明日になったら成長して、別の息子になっている。

息子の〝今〟を感じていたい。〝今〟を共有したい。

疲れてしんどい日もあるけれど、僕は今、息子と同じ時間を共に過ごせることを、素直に嬉しいと思えている。

虐待死のニュースは後を絶たない。僕がキャスターをやっていた当時も、何度もこうした痛ましいニュースを報じた。

子どもを虐待するなんてあり得ないと思う。ただ世の中には子育てのストレスによって追い詰められ、思わず我が子に手を上げてしまった人がいるのでは……と、自分がシングルファーザーになって、想像するようになった。

地域や自身の親のサポートもなく子育てをしている親にとっては、子育ては綱渡りのようなものなのだ。いつ、転落するかわからない。誰もが皆、落ちまいと必死にがんばっている。

僕にはサポートしてくれる親がいる。姉がいる。それでも、息子と一対一で向き合っていると、追い込まれてしまう時がある。ぎりぎりで踏ん張っているけれど、そこは紙一重なんだと思う。

じゃ、なぜ僕はぎりぎり踏ん張っていられるのか。

逆説的だけど、息子の存在が大きい。子育てはしんどいし、日々追い込まれているけれど、それでも、息子がいるお陰で、今の自分があるという思いが強い。

こんなこと、口にしちゃいけないけれど、本当に、自分の人生なんてどうでもいい、と思ってしまうことがある。

でも僕は踏ん張ると決めた。

なぜなら、息子がいるから。

息子が僕のストッパー。――なげやりになろうとする僕を、引き留めてくれているのだ。息子によって、僕は生かされている。


だから僕は絶対に倒れない。

本当は、自分のことなんてどうなってもいい、と思ってしまうことがある。壊れたっていいと投げやりになる。

でも僕が倒れて困るのは、僕じゃない。息子だ。

息子を守ると僕は奈緒に約束した。

僕は「奈緒を守る」と言ったけど、守ってやれなかった。

そんなことには、二度となりたくない。

僕たちは、3人で生きるという選択をした。

息子は僕が守る。

だから僕は絶対に倒れない。

息子の笑顔はみんなを笑顔にする。

そのためにはパパが笑顔でいないでどうするのか。

守るべきものを守るために、僕は、無責任といわれることを覚悟でキャスターを辞めた。


僕は奈緒のために生きる。

奈緒との宝物の息子のために生きる。


「3人で生きる」という選択をしたんだから。

第4章 講演のあとで…

言葉がない場合もある。
手を握った瞬間、涙を流し、立ち去る女性もいる。
でも僕は、たしかにその人と、
〝想い〟を分かち合えたと感じる。

初めての講演

初めて講演会を行ったのは、大阪府熊取町、2016年3月のことだ。当時、僕はまだ『ｔｅｎ．』のキャスターをやっていた。

奈緒がいないという現実をまだ受け入れられていなかったし、たったひとりのパパとして、日々の生活に疲弊していた頃だ。なぜ講演を引き受けたのか、実は自分でもわからない。

僕は医師でも研究者でも学者でも、専門家でもない。

何が話せるのか。主催者の方といろいろなやり取りをしていたなかで、「『112日間のママ』に記されている、清水さんが経験したこと、思っていることを率直に話してほしい」と言われ、『112日間のママ』を読んで、そう思ってくださる方がいるんだ、と思った。

正直、講演がうまくいったとは思わない。

準備も足りていないし、何を話していいかもわからなかった。ただただ、自分が体験したこと、自分が思ったこと、自分の悲しみを精一杯言葉にした。そして、悔しい

〝想い〟を素直に。

いちばん辛かったのは奈緒なのに、でも奈緒はしっかり前を見て、僕たちの未来のためにがんばった。奈緒は決して、病に負けていなかった。

そのママとして、妻として「病」に立ち向かった奈緒に、もっとしてあげられることがあったのではないか。「どれだけ引きずっているのか」、そう思われても、奈緒の想いと僕の想いを、素直に伝えよう。それを伝えることに意味があるのかは、その時はわからなかったけれど、なぜ、引き受けたのかと言われれば、それが、講演会を引き受けた理由になるのかもしれない。いちばん近くで奈緒を見ていたのは、この僕だから。

何の飾りもなく、僕は自分の〝想い〟――忸怩たる気持ちを素直に口にした。1時間半の講演だった。

講演後、主催者の方が参加者の方のアンケートを見せてくださった。そこには、僕の想像を超える文字が並んでいた。

僕の話のどこかを、自分自身と重ね合わせて聞いてくださった方、自分の悩みを、吐露してくれる方もいた。自分の悲しみを打ち明けてくれる方もいた。

それまでの僕は、自分の殻に閉じこもっていたように思う。自分に触れてほしくなかったし、同情されるのも嫌だった。奈緒が横からいなくなってしまった時から僕の心の中の時計は止まり、その中で僕は、自分を悲しんでいた。「なんでこんな辛い思いをせなあかんねん」「奈緒が辛すぎるやん。こんなことあっていいんか」、自分が今、世の中でいちばん辛いのではないかとさえ思った。

ところが、アンケートを読むにつれ、僕は、世の中に多くの悩みや悲しみがあることを知った。悲しみを共有したい、思いを馳せたい、涙を流したいのに流せないでいる人がたくさんいることを知った。

多くの方が我慢しているのだ。堪えて堪えて、堪えている。その形は違えど、「僕だけじゃないんだ」と当たり前のことを知った。

講演会を終えると、来場された方たちは口々に「ありがとう」と言ってくれるけれど、きっと、誰よりも僕自身が救われたのだと思う。

一度、講演会を終えると、それが広まった。

『112日間のママ』を読んで、「話を聞きたい」と思ってくださった方は多かったらしく、でも実際は、そんな依頼をしていいのかと悩んでいたと後から聞いた。妻を亡くした男に、その話をしてもらうということに、躊躇《ためらい》があったのだろう。

講演会の依頼が増えていき、僕は土日を使って、なるべく皆さんに会いに行くようにした。

最初の頃は、話が拙《つたな》いだけじゃなく、「悲しみ」を口にすることしかできなかった。悲しみに共感してもらうことしかできなかった。

そのうちに、それだけじゃいけないと思い始めた。

これじゃ意味がないんじゃないかと思い始めた。清水健が話す意味を考える。集まって来てくださる方の中には、いつも見ていたテレビ番組のキャスターが講演するから見に行ってみるか、という興味本位の人もいただろう。それでもいい。当然だから。心配で来てくださった方も多くいたと思う。

でもどんな人にも、悩みがある。悲しみがある。その〝想い〟と響き合うには、自分の辛さや悲しみだけを語っていてはダメだと思ったのだ。

〝希望〟――こう言ってしまうと陳腐かもしれないけれど、何か明日に繋がるような話、どれだけ泣いても、笑顔で帰路につける話を、言葉にしなくちゃいけないな、とも思った。

「シミケン、がんばれ!」

講演会の最初、僕は舞台中央に歩いて行くと、まず集まっていただいた皆さんに向かって、深々と頭を下げる。

礼儀が大事だとか、そういう話じゃない。

実は怖いのだ。

集まってくれた大勢の人たちの顔や目を、僕はすぐに見ることができない。すぐに直視できないから、頭を下げ、心を落ち着ける。そして、会場の拍手に、僕はその日一日の勇気、温かさをもらう。


矛盾しているようだけど、僕は「逃げたくない」とも思っている。講演会は怖いし、あの時を思い出すのは辛い。講演会に、慣れ、なんてない。そして、一度たりとも同じ講演会なんてない。

僕は、舞台に演台を置かないようにしている。

僕なりの解釈だが、演台は隠してくれる。

体の半分以上が隠れ、聴衆からは見えない。隠れる部分があることで、随分落ち着く。

メモや原稿を置くことも可能になる。原稿を用意しない人でも、たとえばパソコンを置いてパワーポイントを操作したり、あるいは、言うべきことを箇条書きにしておき、それをチェックしながら話すという人もいるだろう。

何より、講演の最中、原稿やメモに「目を落とす」という動作ができる。キャスターをしていた時には、僕も机の上に、いざという時のために、メモを用意していた。でも、演台がないと、逃げも隠れもできなくなる。頭の先からつま先まで、包み隠さず、見せることになる。真っ裸な自分である。

聞きに来てくださった人の中には、

「シミケン、テレビで見るよりちっちゃいなあ」

と思っている人も多い。

でもそれでいい。「シミケンってこんなもんなんだ」の感想でいい。文字どおり僕は、〝今〟の自分を、等身大の自分を見てほしいと思っている。

だから演台を使わない。主催者が用意してくれると言っても、あらかじめ断っておく。

準備はするが、メモはつくらない。原稿も読まない。

その時、その会場で感じたことを、僕は話す。

言葉に詰まることもある。次の言葉が出てこなくて、間が空いてしまうこともある。

ニュースなら放送事故のレベルだ。

でもそれが、僕の〝ありのまま〟なのだ。それが、〝今〟なのだ。

ニュース番組だと冷静に伝えようと努力する。

僕はそれでも、喜怒哀楽を出すほうだったと思うけど、やはりブレーキはかけていた。あくまで冷静に、伝えるべきことを正しく伝える。

そりゃ怒る、でも、必死に堪える自分もいた。演じる、という言葉が合っているかはわからないが、泣きたいけど泣けない自分がいたのは事実で、どれだけ悲しみの中にいても、必死に隠そうとした。仮面をかぶっていたのかもしれない。


でも講演は全く違った。感情にブレーキをかける必要なんてない。それが正しい講演会なのかどうかはわからないが。

演台や原稿で取り繕ってしまったら、きっとそれは〝今〟の僕ではなくなる。カッコつけたり、上っ面の薄っぺらな僕になってしまう。

だからどこへ行ってもマイク1本で、僕は喋り続ける。

マイク1本で講演をすると、自然と、会場の人たちの顔を見ながら話すことになる。そうすると、感じる。ものすごく、会場の空気を感じるのである。聴いてくれている、飽きている、笑ってくれている、泣いてくれている、そういう会場の空気がダイレクトに伝わってくる。

頷いている人、目に涙を溜めている人、目を閉じて腕組みをしている人もいる。そこには、その会場、その日ならではの空気が流れているのだ。

うまくいかなかったと自分で思う講演会もある。

今日は男性の方が多いから、弱音を吐かないでおこう。女性が多いから、勇気づける話をしよう。そんなふうに計算した日は、うまくいかない。そうではなくて、自分の感情をぶつける。自分の素《す》をさらけだす。そのほうが、何かが伝わる。僕は、講演会という場で、本当の「伝える」ということを教わっている。

今、この場所で同じ時間を一緒にいる。

二度と繰り返すことの出来ない時間を、今、共有しているのだ。

なんて幸せなことだろう。

だから僕は、原稿を用意しない。話す内容も決めていかない。その日、その会場で感じたこと、集まってくれた人たちの顔を見て湧き上がってきた想いを言葉にする。

先日、講演で、悲しみに言葉が出てこなかった。すると会場にいた60歳近い男性が、

「シミケン、がんばれ!」

と大きな声をかけてくれた。

「がんばれ!」

「ガンバレ」

会場中、声援が響き渡った。

僕は、会場の皆にエールを送りに来たはずだったのに、逆に、応援されている。会場には、番組を見ていたという人も多く、「シミケン、大丈夫かな?」という想いで来てくれている人もいる。

講演の途中で応援されるなんて、情けないな、と思う。誰のための講演会なのかとも思う。でも、それが、〝今〟の自分で、それが、〝今〟の皆様なのだ。

その「ガンバレ」が僕にだけではなく、会場の中に、もしかしたら同じような悲し

みの中にいる方にも届いているならば、それほど嬉しいことはない。
胸が詰まって言葉が途切れる。それもやはり僕なのだ。

テレビだったら、何十万人、何百万人の人に、瞬時に伝えることはできる。テレビの向こうを必死に想像して話すが、現実に僕の視線の先にあるのは、僕らを映しているテレビカメラだ。

講演だと、数には限りがある。何百人のレベルだ。多くても千人単位だ。しかし、会場に来てくれた人の表情を見ることができるし、息づかいや会場の空気を感じ取ることができる。情けない話だけど、こうやって「シミケン、がんばれ!」という声援を直接聞くことができる。

正直、キャスターを辞めたあと、「後悔するかもしれない」という漠然とした不安があった。仕事に誇りも持っていたし、自負もあった。皆から忘れられるんじゃないか、という恐怖もあった。

でも不思議なことに、今、辞めたことを悔いていない自分がいる。

僕は、講演会で直接、多くの人と触れ合うことの意味を感じている。1回で伝えられる人数ではテレビに全く敵わないけれど、わざわざ来てくださる方々とその時を一緒にすることができる。

支援をする理由

読売テレビを辞めた、今の僕の肩書きは、「一般社団法人清水健基金　代表理事」だ。

2016年4月に、僕は「清水健基金」を設立した。この基金は、自己満足と言われようと、どうしても立ち上げたかったもので、お世話になった方々へ、そして、奈緒の闘病中、目《ま》の当たりにした現実に少しでも力になれるのであればとの思いから設立したのだった。必要な医療サービスが、必要とする方々に行き渡り、心身ともに豊かな生活が実現されることを目的としている。

『112日間のママ』の売り上げの一部、講演会場での募金はすべて、基金に集約される。千円を口座に振り込んでくださる方もいるし、ご主人を亡くされ、その遺産を寄付してくださったというような方もいる。

きっと、寄付してくださる方は、自分が声をあげるかわりに、それぞれの〝想い〟を僕に託してくれたんだと思う。その想いにこたえたい。こたえなくちゃいけない。

奈緒の乳がんの治療で、僕は多くの医療関係者の方と知り合った。今でもお付き合いは続いている。そうした方々に会ってお話を聞くと、「あそこはがんばっているけれど、今、運営に困っている」「あそこがやろうとしていることは、非常に意義があるよ」という話題が出る。

実際、団体を運営するのはたいへんだ。イベントひとつとっても、会場使用料がかかる。パンフレットを作れば、印刷代がかかる。こうした諸費用は、必要経費なんだけど、ばかにならない。

僕は医療関係者の方々のアドバイスをもとに、実際に自分で調べ、会いに行く。最終的に、理事会で決定したのち、さまざまな団体――たとえば、入院施設の充実、がん撲滅、難病対策などに取り組む団体や個人の事業へ、基金からの「寄付」として、皆さんの〝想い〟を届け、支援している。

支援した先は清水健基金のウェブサイト（清水健基金.com）でも公表しているが、ここに、現時点での支援先を記しておきたいと思う（2017年9月末現在）。

■「チャイルド・ケモ・ハウス」（2016年4月30日）
小児がんと闘う子どもたちの「生活の質」に配慮した日本で初めての専門治療施設。

辛い闘病の中、笑顔が溢れる施設である。闘う中に、笑顔を一番に考えている。

■「おおさか・すいたはうす」の移転支援（２０１６年６月４日）

「おおさか・すいたはうす」は、病気の子どもとその家族が利用できる滞在施設だ。家族が自宅でゆっくり過ごすのと同じような環境を実現しようとがんばっている。

■「大阪府がん対策基金」（２０１６年7月26日）

大阪府のがん検診受診率は全国でもかなり低い。「大阪府がん対策基金」はがん予防や早期発見の推進など、がん対策全般の推進をはかるための基金だ。大阪府のがん検診の現状を知ってもらいたいという思いもあった。

■京都大学基金「iＰＳ細胞研究基金」（２０１６年10月６日）

２０１２年に、iＰＳ細胞（人工多能性幹細胞）の研究によって、ノーベル生理学・医学賞を受賞した、山中伸弥京都大学教授。山中教授の「病を倒すその日まで」という考えに賛同し、支援を決めた。一日でも早く、多くの病の治療法が確立されることを願っている。

■「NPO法人　がんノート」（2016年12月13日）

このNPOは、がん経験者にがん経験者がインタビューするサイトを運営している。がんと向き合って闘病していくためには、治療「以外」のこと——たとえば、家族のこと、お金のこと、恋愛のこと、仕事や学校のことなどにも向き合う必要がある。経験者の体験談は貴重だ。

■トリプルネガティブ乳がん患者会「ふくろうの会」（2016年12月17日）

この会は、トリプルネガティブ乳がんの予後を良くしたい、治したいという思いから設立された。代表者自身が、トリプルネガティブ乳がんと診断された方だ。

奈緒の闘病の際も、情報をとることに苦労した。「ふくろうの会」がこうして声をあげ続けてくれることは、本当に嬉しい。

■「リレー・フォー・ライフ・ジャパン・わかやま」（2017年2月6日）

がん患者とその家族は、24時間、がんと向き合っている。リレー・フォー・ライフ（RFL）とは、がん患者やその家族を支援するチャリティ活動で、がん患者の想いを共有するリレーイベントを各地で開いている。

２０１７年5月13日、14日に開催された「リレー・フォー・ライフ・ジャパン・わかやま」に対し、支援を行った。

■「ＮＰＯ法人 しぶたね」（２０１７年3月27日）

子どもが病気になると、家族はどうしてもその子に集中してしまう。でも兄弟姉妹がいたら？　その子たちもまた、本当は寂しいのに、我慢してしまうのだ。そんな「きょうだい」が安心していられる場所、愛情を感じられる場所を提供しようという活動を、「しぶたね」はしている。

■「小児がん支援団体Ｗｉｓｈ Ｈｅａｒｔ」（２０１７年6月1日）

最愛のお子さんを小児がんで亡くされた方々――いわゆる「チャイルドロス」を抱える人たちが中心になって立ち上げた団体だ。小児がんと闘う子どもたちとその家族が少しでも笑顔になることを目的に、悲しみの中、さまざまな支援や活動を行っている。

まだまだ、支援、寄付を必要としている団体はたくさんある。

清水健基金が、みなさんからお預かりした、たとえば30万円を支援する。それでパンフレットが作れましたということにも意味があるが、それだけではない。

一般社団法人清水健基金がその団体とコラボしたということで、そういう団体に少しでも注目が集まってもらえればいいと思っている。清水健基金を知ってほしいのではなく、清水健基金が支援、寄付した先を知ってほしい。

こうした活動や支援を必要としている人たちがいることを知っていただけるなら、こんなに嬉しいことはない。

〝想い〟を共有したい

講演会はすでに100回を超えた。

大阪や和歌山、兵庫や京都など、近畿地方が中心だが、ほかにも、熊本や広島、東京や埼玉、茨城にも行った。許す限り、僕はたくさんの場所に行きたい。たくさんの人と実際に会って、〝想い〟を共有したい。

講演の時間は、だいたい90分だ。

この時間をどう使うか。

僕はいつも、主催者にお願いして、会場に来てくださった方ひとりひとりと触れ合う時間を作っている。短い時間でも近い距離で顔を合わせて、言葉を交わしたい。言葉がない場合もある。

手を握った瞬間、涙を流し、立ち去る女性もいる。

でも僕は、たしかにその人と、〝想い〟を分かち合えたと感じる。


それぞれが、苦しみや悲しみを抱えている。

「息子を亡くしました」と遺影を持って会場に来てくれた方もいた。5年前にご主人を亡くされた奥さんは、それまで息子の前では涙を見せていなかったのに、僕の顔を見ると、「今日久しぶりに泣くことができました」とホッとした顔をされた。

大切な人を亡くされると、知らず知らずのうちに、周りとの間に、線が引かれてしまう場合がある。誰もこの気持ちはわからないと思ってしまう。周囲の人も、それを感じるから線を踏み越えてこようとしない。

線の内側に閉じこもって、どんどん孤独になっていく。

不安、ひとりでいる恐怖……。言ってしまったら楽になるとわかっていても、プライドがそれを許さない。気を遣わせたくない。家族にだって言えない。そう思うから、孤独感はますます深くなっていく。僕自身がそうであるように。

キャスターの頃は、そうした悲しみを抱えている人たちに、「がんばりましょう」と言うことに逡巡もあった。でも今なら言える。講演会場に来てくださった方々に、

「大丈夫です」

「一緒にがんばりましょう」

と言ってあげることができる。

なぜなら、〝孤独〟を会場の方たちと共有できるようになったから。

僕自身が、心を開けるようになってきているから。

今、がんを患っているという女性も来てくれた。子ども1人のお母さんで、今、がんの治療の真っ最中なのだという。でも2人目がほしい。治療はそれを妨げる。ご主人は、2人目に反対しているのだという。

「どうしたらいいでしょう?」

答えは出ない。

僕にできることは、手を握ることだけだ。

ある講演会の主催者は、乳がんになったことのある女性だった。しかもその治療のため、子どもを諦めていた。そうした方が、僕を呼んでくれる。いったいどれほどの覚悟だったろう。

僕は講演会が終わったあと、その方に手紙を書いた。

「絶対に間違っていません。自信を持ってください」

その方は、講演会の会場に着いて、車を降りた僕の顔を見た途端に涙を流していらした。帰る時に「来てくださってありがとうございました」と言ってくれた。本当に来てよかったのか、その方にとって僕の話はすごく辛い内容だったと思う。僕を呼ぶことはすごい勇気だったと思う。

ある男性は、講演会終了後、僕を見るなり、

「わたしの家内も、乳がんなんです」

と言って泣き崩れた。

僕の中に、そうした言葉に対する答えがあるわけじゃない。そのたびに僕は、途方

に暮れる。

「信じましょう」

僕はそのひと言を絞り出す。

僕も、奈緒が闘病している最中、周囲に弱音を吐くことができなかった。だってい ちばんつらいのは、僕じゃなくて、乳がんになってしまった妻なのだ。僕が弱音を吐いてどうする、と思っていた。特に本人の前で、悲しい顔なんてできない。泣きたくても、無理やり笑顔を作る。

きっとこの男性もそうなのだ。

奥さんが乳がんになってから、ずっと張り詰めている。誰にも本音が言えない。言ったら壊れてしまう。

そんな時に、僕と会って、ふっと感情が漏れ出す。第三者に対してだからこそ、同じような体験をした僕にだからこそ、言えることがあるのかもしれない。

泣いたからといって、がんが治るわけではない。現実は変わらない。でも、泣くことで少しでも背負ってるものが軽くなるのなら、僕は意味のあることだと思う。

がんの闘病が辛いのは、「正解がない」、ということだ。

個人差が激しいし、まだまだわかっていないことも多い。ある患者さんに効いた抗がん剤が、別の患者さんにはまったく効かないというのは、よくあることだ。

正解がないから迷う。

それでも何かを選び、前に進まなくてはならない。これが辛い。

奈緒と僕も、ずっと「答え」を探していた。

奈緒と僕と息子の3人で生きる。その道を進むことは決めていたけれど、どう進んでいいかがわからない。

講演会では、中学校や高校に行くこともある。

10代に話すには、難しいかな、と思うこともあるが、僕はあえて言葉の難しさのレベルを落とさずに、自分の思いのありったけをぶつける。

講演会に来てくれた中学生の女の子の中に、父親を亡くされた生徒がいた。

学校側が、講演会のあとに、僕への手紙をまとめて送ってくれたのだが、その中で父を亡くしたこの中学生は、こう書いていた。

「天国のお父さんに、『ありがとう』と言いました」

どんな思いで僕の話を聞いていたのだろう。

僕が講演に来たことで、彼女は辛い記憶を思い出してしまったかもしれない。今やってることが正しいのかなと思う瞬間でもある。


僕は最近、息子の話題をよく口にする。

そしてこう伝えている。

「僕は今、息子に寂しい思いをさせています。帰ったら、ぎゅっと抱きしめます」


大事な人に触れることの大切さ。

大事な人が、ずっと目の前にいるとは限らない。当たり前が当たり前でなくなってしまう時があるかもしれない。

朝起きて、「おはよう」と言う。

今までなら、奈緒が「おはよう」と答えてくれた。でも、もう奈緒は二度と答えてくれないのだ。目の前からいなくなって初めて、僕はそのことに気づいた。

「おはよう」と言っていますか？

大切な人にその気持ちを伝えていますか？

大切な人をぎゅっと抱きしめていますか？


僕は講演会から帰ると、息子を玄関先で抱きしめる。

夜寝付けば、その額にそっと手を置く。そして髪をなでる。

これがどれほど大事なことか。

だから、アンケートや手紙で、いちばん嬉しい反応は、

「講演会を聞きながら、大切な人の顔を思い浮かべていました」

という感想だ。

ある高校生の男の子は、

「家に帰って、お母さんに『ありがとう』と言いました」

と手紙で送ってくれた。

講演会をやってよかったな、と本当に思う。

ある看護師さんは、「患者さんと日々接する、その時間をもっと大切にします」「注射ひとつ、今までとは違う気持ちで」と言ってくれた。

息子への答え

僕は講演会をしながら、ずっと答えを探しているのかもしれない。息子に、ママのことを何と伝えるか。その答えだ。

いつか必ず、息子は口にするはずだ。

「僕のママは？」

もし、僕がいないところで息子がこの疑問を口にした場合を考えて、僕は自分の両親や姉夫婦、奈緒のご両親にも、「絶対に答えないで」と頼んである。僕の口から、直接伝えたいからだ。

明日、聞いてくるかもしれない。

幼稚園に入った瞬間に聞いてくるかもしれない。

幼稚園で、「母の日」のプレゼントを作った時かもしれない。

その時に僕はどう答えてあげられるか。

奈緒は「いない」のではない。

たしかに僕の〝ここ〟にいる。息子の〝ここ〟にもいる。

僕は息子に、

「僕にはママがいないから」

と泣いてほしくない。言い訳にしてほしくない。

「ママはぼくの〝ここ〟にいるよ」

と胸を張ってほしい。


でもママは動かない。写真の中で優しい温かい笑みを浮かべている。

たくさんのビデオに、「動いている奈緒」が残っている。ビデオの中の奈緒は、笑っているし、喋っている。

本当はこうしたビデオも、いつか息子に見せるべきなのだろう。そう思って全部残しているけれど、僕はまだ、一度も再生していない。僕自身に、映像を見る勇気がない。

奈緒のいる場所

自宅マンションのリビングの一角は、奈緒の写真スペースになっている。たくさんの写真を飾っている。

お位牌と線香立て、リン。そして写真。寂しい場所にはしたくないので、奈緒が好きだったピンクの花や、白い花を毎日飾っている。「奈緒の居場所」を作りたいと思っていたけれど、何か明確なイメージがあったわけじゃない。自然と、皆が集うリビングの一角に、奈緒のスペースができた。きっとこれが、「3人で生きていく」と決めた僕らの、ひとつのカタチなんだろう。

しかし、奈緒がひとりで写っている写真と、家族3人で写った写真は、増えることがない。息子と僕、二人の写真がちょっとずつ増えていく。

ここには奈緒がいる。

僕は何かあると、この場所に来て、奈緒に報告する。泣いてしまうこともあるけれど、最近は、涙の意味もほんの少しずつ変わってきた気がする。後悔とか、悲しみの涙じゃなく、「こっちでもがんばっているよ」と奈緒に伝える前向きな涙だ。寂しさがなくなることはないけれど、僕は奈緒がいるこの場所で、いつも勇気をもらっている。

ここはもしかしたら、あの、奈緒と出会い、いつも微笑んで僕の背中を押してくれた衣装室と同じなのかもしれない。

奈緒と初めて会ったあの場所。奈緒にいつも元気をもらっていたあの場所。僕が唯一、本音をさらけ出せたあの場所。

奈緒がいるリビングの一角は、僕が僕でいるための場所なのだ。

ここでなら泣いてもいい。ここでなら愚痴ってもいい。「助けて」と弱音を吐いてもいい。情けない僕を、奈緒はいつでも受けとめてくれる。僕は奈緒に背中を押し続けてもらっているのだ。あの時と同じように。

息子の誕生日は、ホールケーキでお祝いをする。切り分けて食べるのだけれど、もちろん、ママの分も確保する。

「ママも食べるかな?」

そう言うと息子は、ママの写真の前に、ケーキを運んでいく。

おいしいイチゴを食べた時、大好物のブドウを食べた時、やっぱり息子は、ママの写真のところへ運んでいく。やっぱり息子の中にも、奈緒はいるのだ。

夏に、山形のおいしいサクランボをいただいた。いつものように、奈緒の分を写真の前に置く。

ところが、息子をお風呂に入れようと準備をしていると、息子が何か口をモゴモゴ動かしている。見ると、奈緒の写真の前に置いたはずのサクランボがなくなっている。こっそり食べたのだ。種を喉に詰まらせたら危ないので、まずは種を出させ、息子を目の前に座らせた。

「このサクランボ、どうした？」

「ママのとこにあった」

「ママはいいって言ったの？」

「うん！」

この間もイチゴのショートケーキを置いておいたら、イチゴだけなくなっている。

「食べたよね？」

「うん！　ママが『食べていいよ』って」

息子にとっては都合のいいママである。

僕はじんわり目頭が熱くなって、息子に「食べてもいいよ」と言ってしまう。きっと奈緒も、自分の分のイチゴを譲ったに違いない。

奈緒が頼んでいた育児誌

僕が間違っても口にしないと決めていることがある。

「ママ」のことが話題に出るのはいい。でも、

「そんなことをすると、ママなら怒るよ」

「こうやったら、きっとママが悲しむよ」

こんな言葉は言いたくない。目の前にいないママを持ち出すのは、親として卑怯だ。

そんなふうに、奈緒のことを使いたくない。


僕は、奈緒が買い込んだ育児雑誌は今でも取ってある。

雑誌で紹介されている育児服を見ながら、

「奈緒はこんなん、着せたかったのかな」

と思う。

たまに育児雑誌を見返しながら、少しでも奈緒のセンスに近づけたなら、と思う。もし奈緒がこの場にいたら、きっと子供服を作ってしまっただろう。

奈緒の荷物の中から、作りかけのよだれかけが出てきた。すでに手を動かすことは辛くなっていたのに、必死で作っていたのだろう。

奈緒は、息子が生まれた直後、がんの転移が見つかって、立っていられないほど疲れ切っていた。でも、どれだけ自分が辛くても、率先して息子のおむつを替えた。

「ミルクは飲んだ?」

と熱が40度を超えているというのに、息子のご飯の心配をした。

夜泣きをすれば、僕よりも先に起きた。

奈緒は最初から最後まで、「素敵なママ」だった。ママはそういうママだったんだよ。

僕が、奈緒と息子の写真を撮ろうとカメラを構えると、奈緒は「ちょっと待って」と必ずできる限りのおしゃれをした。そしてどんなに体調が悪くても、素敵な笑顔を浮かべた。

だから、今、部屋に飾ってある奈緒の顔は、どれも笑っている。もし何も知らない人が見たら、病気だったと思わないかもしれない。

今でも清水奈緒宛に手紙や郵便物が届くことがある。奈緒へ届いた手紙や雑誌は、それが何であろうと、奈緒のボックスに大切にしまっている。

それを見て、息子がどう思うのかわからないけれど、これも僕にとって「3人で生きている」証しなのだ。


2017年2月11日。

身内だけで奈緒の三回忌を行った。

でも、自宅に届いたたくさんのお花を見て、奈緒がまだ皆の心の中に生きていることを知った。嬉しかった。

「今でも涙が出るんです」

住職に打ち明けると、住職も一緒に泣いてくれた。

「清水さん、人生でこれ以上の悲しいことはありません。これ以上の悲しいことは起こりません」

僕は奈緒に、「悲しみ」を教わったのだ。これが最大の悲しみならば、あとの人生、何も怖いことはない。

前に進もうよ。

奈緒からそう言われている気がした。

月命日に

某月11日、奈緒の月命日に、また皆で集まった。

最初の頃は、集まることに少し逡巡していた。思い出したくないことまで思い出してしまうんじゃないか。涙が絶えない時もあった。

でも、今では、月命日に集まるのが、楽しみなイベントになっている。

息子が、皆を笑顔にしてくれるのだ。

息子の何気ないひと言、笑い声に、皆で声を出して笑う。「成長したね」「大きくなったね」と口々に言い合う。

「どっちに似てるんだろうね」って言いながら、小さな悪がきをわいわい騒いで見ている。

「なんでこんな楽しい時に、奈緒がいないんだろう」

と思うことはある。月命日に集まり続けること自体、悲しみを引きずっていると思われるかもしれない。でもこれは、奈緒が僕たちのために用意してくれた、とってきのイベントなのだ。

また息子が笑った。
笑いがさざ波のように広がる。
皆でこうして笑える日が来るなんて、まさかこんな日が来るとは思ってもいなかった。
毎日しんどいし、寂しさは消えない。涙も出る。でもこうして笑うことができる。
息子のお陰だ。
奈緒の息子のお陰で、僕らは未来を向いていられる。
ありがとう、奈緒。
奈緒、息子は、こんなに大きくなったよ。
君のお陰で笑っていられる。
ほんま、ありがとう。

奈緒へ

今日もさ、めっちゃ叱ってしまった。親の都合やのに。
今、すごく後悔してて、ごめんなって。
あかんな、ほんまに、全然、パパできてないわ、まだ。

奈緒やったら、どうしてるんやろ。

恥ずかしいけど、言わせて。
奈緒の写真が変わらへん。3人での写真が変わらへん。
優しい笑顔で、最高の笑顔で、俺たちに語りかけてくれてるのに、増えへんねん。

あかんよな、まだいっぱい心配かけてるよな、ごめんって言ったら怒ると思うけど、やっぱり、ごめん。

でも、みんなに助けられて、
愛する我が子は、めっちゃ元気です。

安心してください。

「うそやん」って思うこともいっぱいするけど（笑）、
その度に、「奈緒に似てんのかな、俺に似てんのかな」って。

やっと、笑顔、になれてきたかな、俺も。
うそ、笑顔でおらなあかんなって思うようになってきた。

このあいだ寂聴さんが俺の顔を見た瞬間、
「いつまでそんな顔をしているの？
笑わないとダメでしょ。わかっているでしょ。

あなたが笑わないと誰がいちばん悲しむの？
その顔でみんなを笑顔にできるの？」
って心配して、叱ってくれた。

本当にそうだよね。
俺が笑顔でいなくちゃ、笑顔の人が増えてほしいなんて言われへんよな。
息子にも、家族にも、みんなにも心配かけたらあかん。

会いたいで、声が聞きたい、３人でお出かけしたい。旅行がしたい。

でもな、みんなの太陽やわ、我が息子。
奈緒のこと、思い出して、どれだけ泣いても、みんなを笑顔にしてくれる。
魔法やわ、息子の笑顔、奈緒の笑顔と一緒。

さあ、これからが大変やで、幼稚園、小学校……、ママが横にいないこと、言われたりするんかな。

その時、どうするんやろ。

泣くんかな、
正直、ちょっと心配。

めっちゃ可愛くて、親バカ発揮。

イヤイヤ期、これ何？の質問攻め、「なんやねん」って思う時もあるけど。

負けん気強くて、でも、弱虫で。そこは俺に似ているのかな。二人で銭湯に行って、夕暮れ、手を繋いで帰って、その小さな手から伝わってくるものがいっぱいで、育ててもらっています、俺たちの息子に、パパとして。


元気にしてる？

笑ってる？

それは、俺に聞きたいよな。

我が子は「大丈夫」、みんなに愛されて、最高の笑顔やわ。

あっ、会社、辞めた。
奈緒の前でずっと座って、「これでいいんかな」って聞いても答えてくれへんから、勝手に辞めた。

怒ってる？よな。

でも、今、ものすごく充実してる。
寂しいけど、すごく楽しい。
楽しい、という言葉が合ってるのかどうかわからへんけど、大切な〝想い〟、自分なりに、いろんな場所で伝えることができていて。同じ人はおらへんで。でも、初めて会う人と、一緒に泣けて、笑って。
毎日が出会いの連続。毎日が〝想い〟と出会いの連続。本当に、みんなが闘っている、それぞれの今と。びっくりした、こんなにも「悲しみ」「悔しさ」「頑張り」があるんやって。だから、できることなんてわからへんけど、やってみる。とことん、気の済むまで。

息子の成長、一緒に見たかった。

また、こんなこと言ってるわって、怒って！
でも、しゃあない。ほんまやから。

会社辞めたけど、マイク1本、持って喋り続けてます。
それは約束守ってるやろ。

あとは、めっちゃ可愛がってます。めっちゃ叱ってもいるけど。
それも約束守ってるやろ。

あとは、「ありがとう」、言えるようになった。

それは、奈緒が教えてくれた。横で教えてくれたらいいのにって思うけど、俺さ、ほんまに、奈緒がいてくれてよかった。素直に、心から、「ありがとう」って言いたい、いろんな場面で。家族にも、息子にも、仲間にも、みんなにも。「ごめんな」もあるけど、素直に言えるようになった。あの時は言えなかったけど。

ありがと。

なあ、俺、パパできてるかな。
いつか、絶対に、「すごい」って言わせてみせるから。

奈緒の闘う姿が今の俺をつくってくれてます。
いろんな人に「ありがとう」、
奈緒の代わりはできないけど、奈緒の分まで言っていきます。

あー、ほんまに、なんやろ、
不安やで、怖いで、

でも、幸せや。

寂しいけど、幸せや。

強がってるかもしれんけど、そう言わせて。

会いたいけど、会いに行かん。
パパしないと、みんなに「ありがとう」言わないといけないから。

会いたい、

ごめん、ありがとね。

元気です。
笑ってくれている奈緒の笑顔、感じます。

なあ、
パパ、できてる？

奈緒、

俺、パパ、できてるかな。

ママはいつも
笑顔だった
息子はこんなに
大きくなった

妊娠7カ月の頃。手術が成功し、ふたりしてお腹の赤ちゃんを気遣いながら京都へ。2014年

結婚式直前、沖縄へ1泊旅行に行った。いい息抜きになったな。2013年

週末、いきなり奈緒を連れ出し金剛山へ。夕焼けがきれいだった。2012年

住吉大社での結婚式。奈緒は髪にさす花にこだわった。2013年5月19日

奇跡的に行くことができた親子3人での竹富島旅行。2015年正月

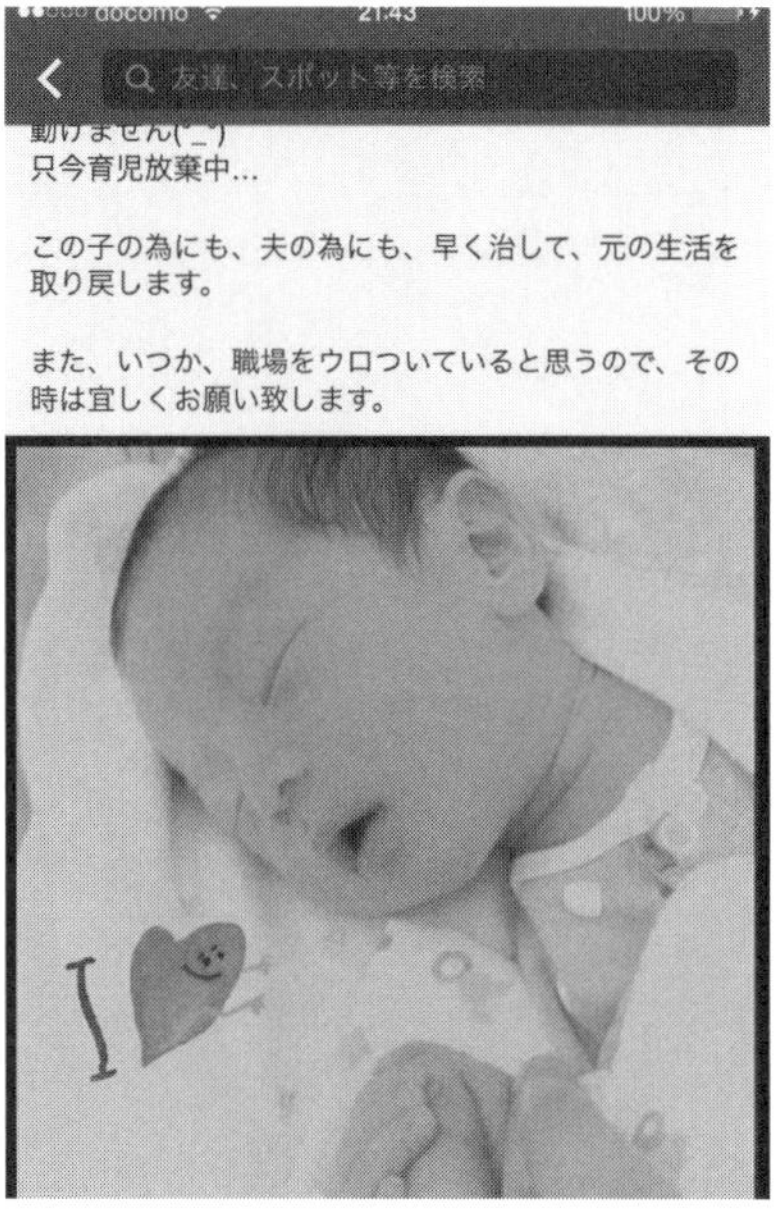

奈緒のフェイスブック。いかにも奈緒らしい言葉。病気を克服する決意を記していた。

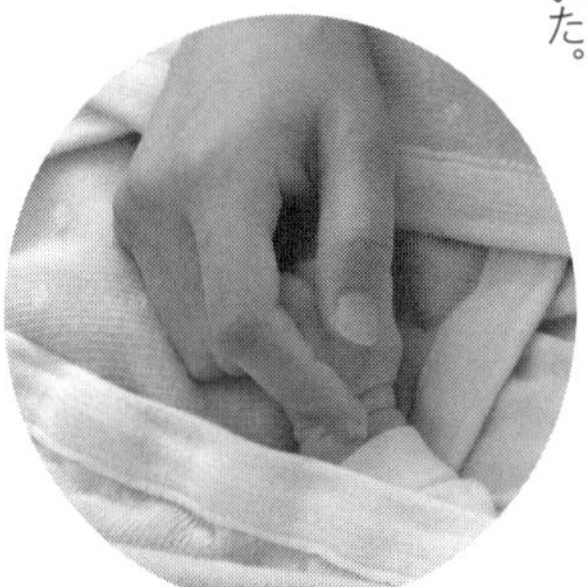

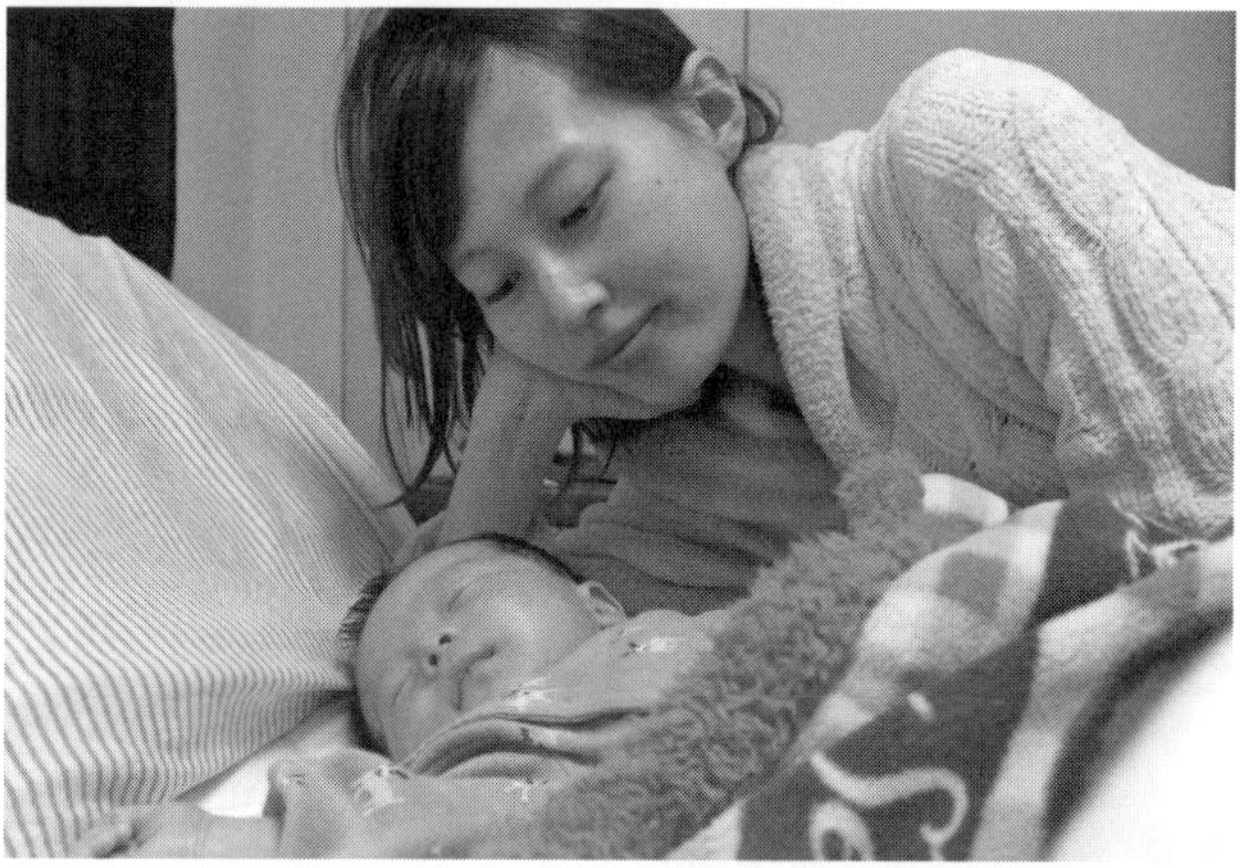

抗がん剤治療。しんどかったよな、でもいつもやさしい笑顔で。

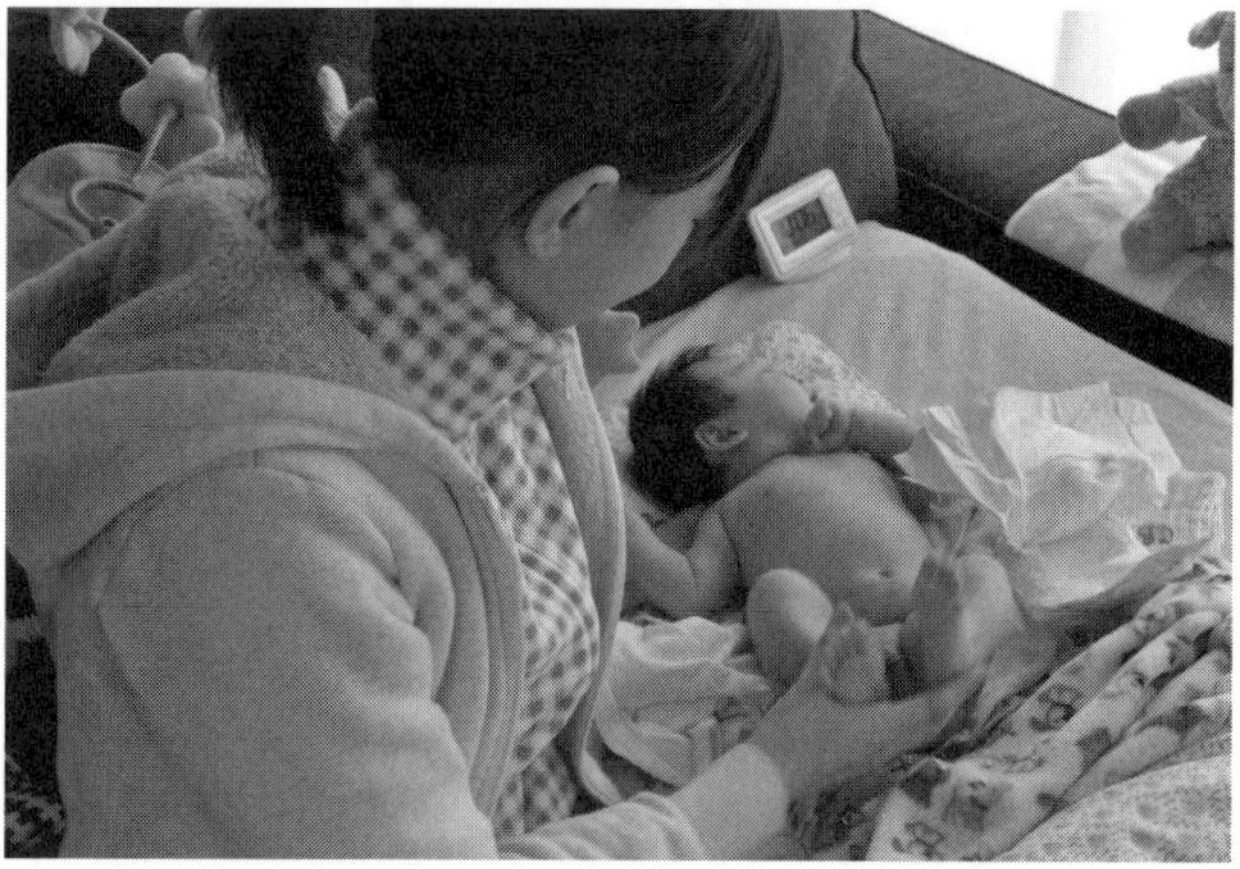

自宅でおむつがえ。奈緒は高熱でもママしてたよね。すごいよ。

プラレール。「どれがかっこいいの?」
「大阪環状線!」だいだい色の車両だ。

息子はライオン、パパはいつもレッサーパンダで動物フィギュアごっこを。

「パパ、耳してー」そのままウトウトしてしまうことも。パパうまいだろ。

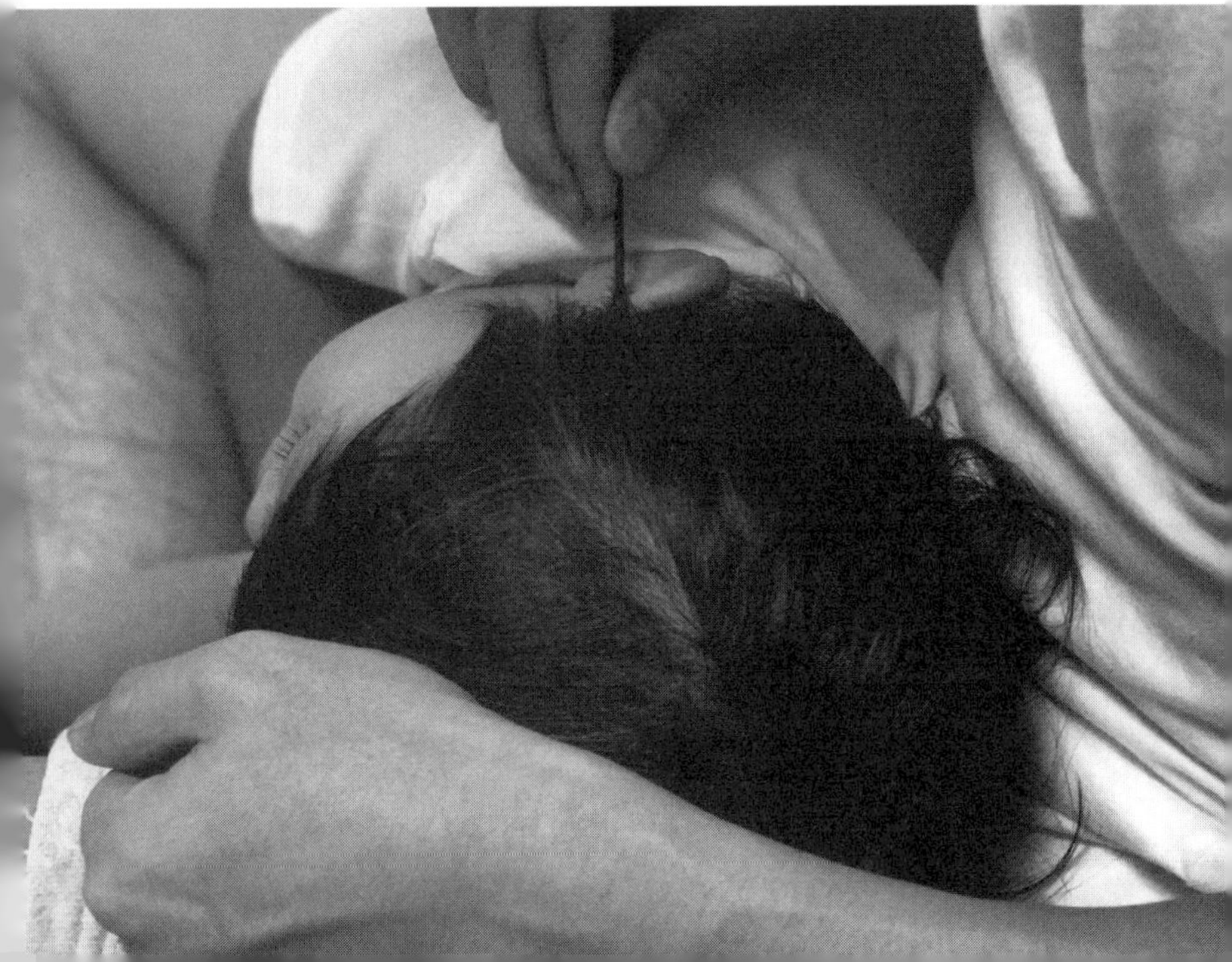

母の日に、一緒に花屋さんへ。息子が選んだのは奈緒が好きなピンクのガーベラだった。

息子がふざけて僕の上に乗ってきた。
と思ったら、そのまんま寝てしまった。

父の日、息子からのプレゼントは僕の顔。
こんなに成長したん？　泣いたな。

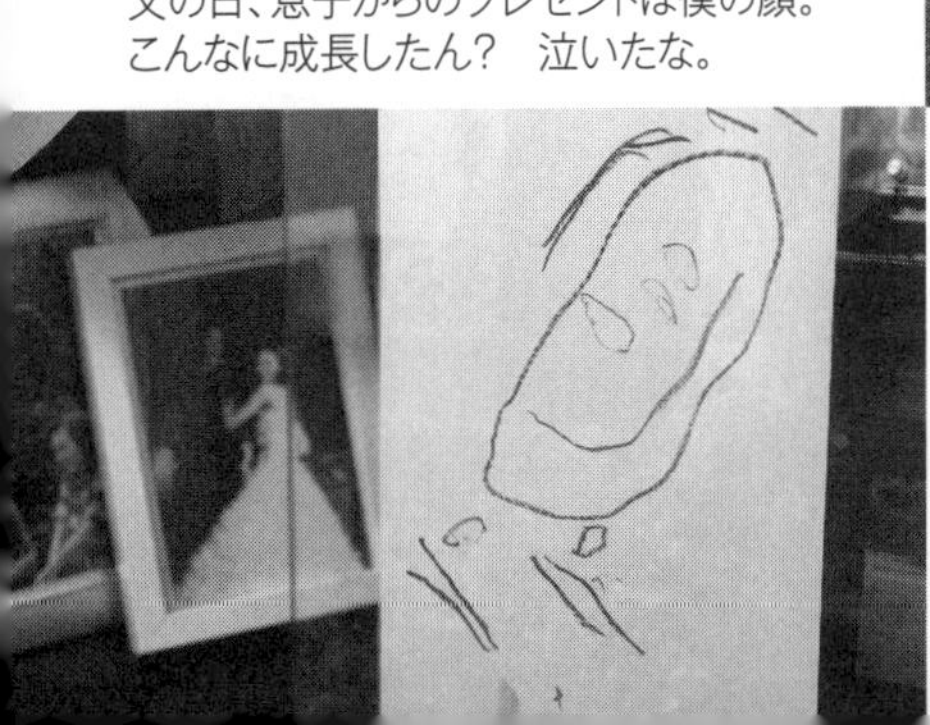

夕方「おっきいお風呂行こうか」と銭湯へ。
手をつないで帰り道。ゆっくりゆっくり。

公園で。この夏、一番熱中したのは虫探し。といってもふたりとも虫は触れない。

大好きなだいだい色の環状線を降りて、見送る。この満足げなたたずまい。

愛犬レディを自慢したくて、駆けっこ。
レディ、つきあってくれてありがとう。

この日は二人で飛行機を見に行った。
荷物はママが使っていたバッグに。

講演会に寄せられた感想

泣きました、でも笑いました。

人間味のある講演でした。また必ず講演があったら行きますね。

3年半前に、大好きな大好きな夫が39歳で突然の病で亡くなり、それから毎日夫のお仏壇の前で、ただ泣きくれる日々が続いていましたが、私が死ぬまでパパに出来ることのひとつは、キャンドルを灯し続けることと思い、キャンドルマイスターの資格をとり、少しずつですが、前を向こうという気持ちになれました。今日は清水さんと奈緒さんを思ってキャンドルを作ってみます。

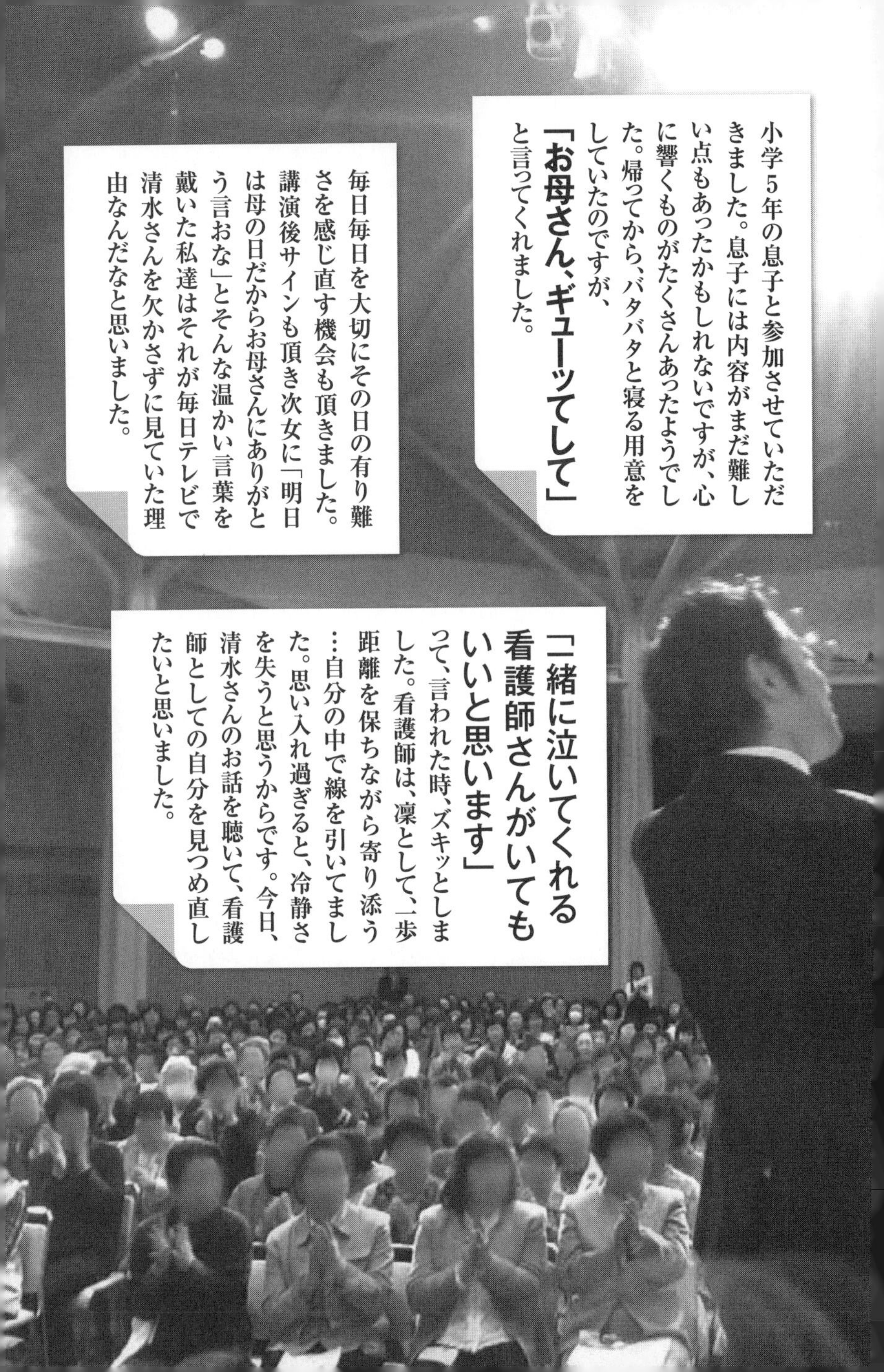

小学5年の息子と参加させていただきました。息子には内容がまだ難しい点もあったかもしれないですが、心に響くものがたくさんあったようでした。帰ってから、バタバタと寝る用意をしていたのですが、

「お母さん、ギューッてして」

と言ってくれました。

毎日毎日を大切にその日の有り難さを感じ直す機会も頂きました。講演後サインも頂き次女に「明日は母の日だからお母さんにありがとう言おな」とそんな温かい言葉を戴いた私達はそれが毎日テレビで清水さんを欠かさずに見ていた理由なんだなと思いました。

「一緒に泣いてくれる看護師さんがいてもいいと思います」

って、言われた時、ズキッとしました。看護師は、凛として、一歩距離を保ちながら寄り添う…自分の中で線を引いてました。思い入れ過ぎると、冷静さを失うと思うからです。今日、清水さんのお話を聴いて、看護師としての自分を見つめ直したいと思いました。

大切な人はいつも身近にいる。いつもいるから安心して大切にしないかもしれない。そして大切な人を失ったとき絶対後悔する。だから今のうちに大切な人とギュッ！として、思いを分かち合って、大切な時間を送りたいです。大切な事に気づかせてくれてありがとうございます。

どうしても清水健さんにお会いしたくて子供たちを預けて行かせてもらいました。会場に行かせてもらったのですが満席でロビーで見させていただきました。まさか、外に来てくれるとは思っていなかったので突然来られた時は本当に嬉しくて嬉しくて感動して涙が溢れました。これからもずっと応援しています。

最初、私は「テレビに出るような人やから、うちの中学校でも難しい話ばっかりするんやろなぁ」と思っていました。しかし、実際、本物の清水さんはおもしろくて、優しさが、目に見えるような人でした。清水さんが、噛んだとき、**「今、噛んだから笑った？」**と聞かれ、「全然イメージと違う‼」と思いました。清水健さんにも『清水健基金』にも興味を持ちました。

主人が「清水さん、今すごいことされてるんだよ。想像を絶するよ。悲しみと責任感で、押し潰されないかな…。俺らがそうさせてないかな…」と言って、昨日は二人で泣いてしまいました。

私は3F席からお聞きしていました。びっくりしました。舞台の上で体一つで全身から振り絞って声を出され、奥様、ご家族へのとても強い愛を語られ、がん撲滅活動への強い思いを何回も。でも清水さんのお話は一切押しつけがなく、もしも、もしもと、ほんの少しでも共感して頂ければとお話になられましたね。3Fでしたが、マイクを外されたときもしっかり聞こえました。

124回重ねた講演会

●日付／主催／聞いてくださったかたがた／場所など

●［２０１６年］3月19日　大阪府熊取町　医療関係者　熊取町公民館・町民会館　●6月12日　笹川記念保険協力財団　医療関係者・看護師　東京　●6月18日　日本生命　滋賀県　社員、顧客　彦根ビューホテル　●10月29日　紀和病院　病院関係者　世界遺産・慈尊院ライトアップ参加　橋本市立会館　産業文化会館アザレア　●10月30日　ＮＰＯ法人　ピンクリボンくまもと　熊本市国際交流会館　●11月5日　美浜町教育委員会「人権教育講演会」　美浜町立松洋中学校体育館　●11月6日　土浦市医師会、茨城県医師会　医療関係者　ホテルマロウド筑波　●12月17日　大阪府看護協会　看護師　大阪国際会議場［２０１７年］●1月14日　日本郵便近畿支社　社員　日本郵便株式会社近畿支社７Ｆ講堂　●1月21日　京都府京丹波町役場　山村開発センターみずほ　●1月22日　和歌山市役所　和歌山市民会館　●2月4日　奈良市・奈良市医師会　医療関係者　奈良県文化会館国際ホール　●2月5日　和歌山県紀の川市ピンクリボン推進協議会　紀の川市役所　●2月9日　読売新聞「難病支援特集」座談会　国立病院機構刀根山病院　●2月12日　城陽市「男女共同参画社会を目指して」　文化パルク城陽　ふれあいホール　●2月19日　堺市がん患者と家族の会「よりそい」　病院関係者　患者、関係者　大阪労災看護専門学校　●2月25日　奈良県平群町役場　平群町中央公民会館　●2月25日　奈良いきいきプロジェクト　奈良県社会福祉総合センター　●2月26日　豊岡病院看護師会　看護師　公立豊岡病院　●3月4日　大阪府開所式記念講演　大阪国際がんセンター　●3月4日　大阪信愛女学院　信愛会在校生、卒業生、保護者　大阪信愛女学院　●3月5日　古座川町教育委員会　和歌山県古座川町中央公民館　●3月8日　奈良県立病院機構看護専門学校　看護師　やまと郡山城ホール　●3月24日　中央大学　関西クラブ　ＯＢ　シティプラ

ザ大阪　●4月8日　JA京都 女性部　ガレリア亀岡　●4月21日　「第47回　MDRT日本大会・in京都」　各保険会社成績優秀社員　国立京都国際会館　●4月21日　一般社団法人守口門真青年会議所　門真市民文化会館 ルミエールホール　●5月7日　学校法人甲南大学学園　在校生、卒業生、保護者　甲南大学　●5月13日　龍谷大学付属平安中学校・高等学校　在校生、卒業生、保護者　龍谷大学付属平安中学校・高等学校講堂　●5月15日　プルデンシャル生命保険「ビジネスセミナー」　社員　顧客　メルパルク大阪　●5月21日　姫路市立四郷中学校　在校生、卒業生、保護者　姫路市四郷中学校　●5月22日　尼崎市私立幼稚園連合会　保護者　あましんアルカイックホール オクト　●5月27日　大阪市済生会吹田病院　医療関係者　ホテル阪急エキスポパーク　●5月27日　独立行政法人国立病院機構　大阪南医療センター「第18回がん診療アップデート」　河内長野市立文化会館　●5月31日　大阪青凌高等学校　人権教育委員会　在校生、保護者　大阪青凌高等学校　●6月3日　赤穂市・赤穂市社会福祉協議会「赤穂市福祉のつどい」　赤穂市文化会館　●6月14日　岸和田グランドホール　岸和田グランドホール　●6月19日　損保ジャパン日本興亜ひまわり生命保険　成績優秀社員　シェラトングランデトーキョーベイホテル　●6月24日　生駒市「2017いこまYou&Iフェスタ～差別をなくす市民集会」　生駒市たけまるホール　●6月26日　紀美野町教育委員会「紀美野町人権研修会」　紀美野町中央公民館　●7月1日　兵庫県社会福祉事業団労働組合　医療関係者　総合リハビリテーションセンター　●7月8日　医療法人 伯鳳会グループ　毎日新聞社　医療関係者　大阪市中央公会堂　●7月8日　三宅町・三宅町教育委員会「人権を確かめ合う町民の集い」　三宅町文化ホール　●7月9日　人権機関有田川・有田川・教育委員会　有田川町金屋文化保健センター大ホール　●8月14日　阪急阪神百貨店労働組合　社員　阪急阪神百貨店香養会館　●9月9日　奈良JC　川上総合センター　やまぶきホール　●9月16日　西脇中学校PTA　在校生、卒業生、保護者　西脇市民会館大ホール　●10月7日　鳥取大山町役場　保健福祉センター　●10月10日　奈良県庁　秋篠音楽堂　●10月14日　高槻市医師会看護学校　看護師　高槻市医師会看護専門学校講堂　●10月14日　草津看護専門学校　看護師　草津看護専門学校体育館兼講堂（その他74講演。敬称略）

写真　清水　健

装丁　泉沢光雄

清水　健

（しみず・けん）


1976年大阪府堺市生まれ。大阪府立泉陽高校、中央大学文学部社会学科卒。

2001年読売テレビに入社。2009年から夕方の報道番組『かんさい情報ネットten.（通称『ten.』）を担当、メインキャスターをつとめ、「シミケン」の愛称で親しまれる。

2013年5月に、スタイリストだった奈緒さんと結婚。2014年長男が誕生。112日後に奈緒さんが亡くなった。

2016年4月、一般社団法人清水健基金を設立し、代表理事に。2017年1月、読売テレビを退社し、子育てをしながら講演活動を行っている。

笑顔のママと
僕と息子の973日間
シングルファーザーは今日も奮闘中
2017年10月11日　初版第1刷発行
2017年11月29日　　　第2刷発行

著　者　清水　健
発行者　森　万紀子
発行所　株式会社　小学館
〒101-8001　東京都千代田区一ツ橋2-3-1
電話 編集03-3230-9764　販売03-5281-3555

印刷所　大日本印刷株式会社
製本所　株式会社若林製本工場

ISBN978-4-09-388582-9

制作／松田雄一郎
販売／中山智子
宣伝／井本一郎　編集／新田由紀子